모든 동물은
섹스 후 우울해진다

모든 동물은
섹스 후 우울해진다

김나연

문학테라피

**이 책을
먼저 만난
사람들의 이야기**

"각주까지 재밌는 책은 네가 처음이야." (hye_ri00)

"같이 읽고 싶은 사람들이 수도 없이 생각난다." (baesiso)

"클럽인 줄 알고 들어갔다가 명상하고 나온 기분이다. 자극적인 제목에 끌려서 읽었지만 솔직한 글에 내 자신을 빗대어보며 마치 저자와 속 깊은 대화를 나눈 듯한 에세이." (hana.unnee)

"오밤중에 다시 보고 싶어서 꺼냈다. 이렇게 아름다운 말이 세상에 있다. 세상엔 이렇게 아름다운 말들이 많다." (lee_nina__)

"나연 씨, 저랑 술 한잔 해요." (lady_dongeun)

"묘한 매력이 있어 사람을 자꾸 끌어당긴다. 그래서 어느 순간 정신을 차리고 보면 다 읽어버리고 남은 게 없다. 삶에 염증을 느낄 때마다 글을 썼던 작가의 이야기에 많은 공감이 된다. 다들 잘 살고 있는 것 같고, 나만 힘든 것 같다는 생각을 하는 분들이 있다면, 이 책 추천한다." (서점 오키로미터)

"말로 표현할 수 없어 떠다니던 감정을 문장으로 이렇게 옮겼구나." (jiwon822)

"누군가의 기억과 글을 들여다보며, 나를 들여다보는 일. 그게 독서를 하는 하나의 이유가 될 수도 있겠다." (s__jonini)

"누군가를 위로하려고 애쓰지 않아도 위로받을 수 있구나. 나와 같은 생각을 하는 사람이 있다는 것만으로도 위로가 되는 아이러니. 홀린 듯이 다 읽었다." (5n.p)

"이 책 진짜 좋네. 욕 많이 나오는 에세이. 작가 쿨내 진동." (nataliebangg)

"마지막 장까지 덮었는데 더 읽고 싶다는 생각이 든다. 아니, 그녀의 생각을 더 알고 싶다. 마음을 끄는 문장에 줄을 긋다 관뒀다. 너무 많아서.
김나연, 그녀는 나를 이 책으로 안아주었다.
한동안 가방에 계속 넣고 다닐 거다. 우리는 그렇게 계속 살아갈 거니까." (rubel_719)

"발가벗은 솔직한 글들이 마음에 자꾸만 남는다." (be_yureeful)

"책장을 넘길수록 다음엔 어떤 이야기가 기다리고 있을까 싶어 궁금해져 단숨에 읽었다. 재밌는 글이 이런 거구나." (kyungmin1104)

"두 번을 읽었고, 올해 들어 가장 많은 페이지를 접었다. 접었다가 다시 폈다. 때론 더 이상 의미 없는 일도 있다는 생각이 든다. 나와는 무언가 대척점인 이야기들이다. 그럼에도 이 책을 손에서 놓지 못하는 이유는 어느 페이지의 모서리에는 분명 내가 있고, 당신이 있고, 결국 우리 모두가 있기 때문이 아닐까.
사연 없는 사람이 어디 있을까. 그럼에도 충분히 더 불편해지는 활자들 사이에서, 불편한데 그래서 좋은 이야기들. 자신의 이야기에서 끝나지 않고 내게도 묻는 것 같은. 글이란 아마 이런 게 아닐까. 그런 책이라서, 추천." (memo.jang)

"이 책 끝내준다. 왜 다들 이렇게 그만두지 못해 살아가는지 늘 의문이었는데 이 책에 답이 있다." (ming_soong)

이 책은 제가 지난 5년간 블로그와 인스타그램에 조금씩 올리던 글을 추리고, 다듬어, 재구성한 것입니다. 뭐든 금방 흥미를 잃는 편인데 글 쓰는 일만큼은 꾸준하게 해오고 있습니다. 제가 좋아하는 영화 '러브 픽션'에서 이르기를, 인간은 평생 자신에 관한 오해를 해명하며 사는 존재라는데 저야말로 오해를 사기 쉬운 타입이고, 사실관계를 바로잡아보겠다고 이야기를 꺼내기 시작하면 각주까지 길어지는 인간이라 그런 것 같습니다.

그렇게 널어놓은 글을 정리해볼 요량으로 이 책을 묶습니다. 시간이 흘러 미화되거나 추화된 이야기들도 있습니다. 그래서 이 글들을 뭐라고 부르면 좋을지 잘 모르겠습니다. 에세이라고 부르기도 모호하고, 소설이라고 부르기도 모호합니다. 책을 닫고 나올 때쯤엔 결론이 나 있기를 바랍니다.

블로그를 시작한 것은 2013년 4월, 인스타그램도 비슷한 시기에 만들었습니다.

만나보고 싶은 사람이 있었습니다. 페이스북으로 우연히 알게 되었고, 관심이 생겼는데 겹치는 친구는 한 명도 없는 사람이었습니다. 대신 그 사람이 오랫동안 운영해온 블로그를 알게 되었습니다. 그가 적어놓은 몇 년치 글을 다 읽고 나니 저는 이미 사랑에 빠져 있었지요.

그래서 시작했습니다, 블로그도 인스타그램도요.

직접 만나 나를 설명할 길이 없어 글로 풀어냈습니다. 제가 그의 글을 읽는 동안 허벅지를 치며 격하게 공감했고, 할 수만 있다면 좋아요 100개라도 누르고 싶었던, 우리의 접점들에 대해 말해주고 싶었습니다. 어디서부터 시작해야 할지 몰라 어릴 때 이야기도 하고, 친구나 가족 이야기도 하고, 지나간 사랑 얘기도 적었습니다.

그렇게 매일 조금씩, 아무도 묻지 않은 질문에 누구도 듣지 않을 답을 했습니다. 매일 밤 성대한 파티를 열고 언젠가 데이지가 나타나주기를 바라는 개츠비의 마음으로요. 물론 개츠비의 파티에 비하면 누추하기 짝이 없는 공간입니다. 컴퓨터나 핸드폰으로 할 줄 아는 거라고는 인터넷 검색하고 문서 작성하는 것밖에 없거든요. 그래서 제 블로그는 흰 화면에 글자만 가득합니다. 인스타그램 역시 여백의 감성이 묻어나는 사진보단 글이 더 많습니다.

그게 벌써 5년이 됐네요.

그간 많은 일이 있었고, 많은 사람이 제 인생에 오고 갔습니다. 파티는 잦아들고, 짝사랑은 매번(!) 아프게 끝이 났지만 제가 글을 쓰는 이유, 다른 사람들의 글을 끊임없이 탐독하는 이유는 여전히 같습니다.

아직도 엉망진창이지만 이제 조금은 익숙해진 제 엉망진창에 여러분을 초대합니다.

2018년 가을, 종로에서
김나연

너를 내 세상에 초대하고 싶었는데 딱히 방법이 떠오르지 않았다.

우리는 아무런 연결고리도 없는, 그저 낱개의 점들이었으니까.

그래서 쓰기 시작했다. 나를 알아봐달라고.

나에게 글은 너를 향해 나부끼는 찢어진 깃발 같은 것.

차례

●

모든 동물은 섹스 후 우울해진다 / 94

●

30 is not the new 20 / 186

●

가까워질수록 멀어지고
멀수록 가까워지는 사람들

I am my past.

우리는 과거 위에 지어진 집이라고 했다. 나에게는 네가 어떤 삶을 살아왔는지가 어떤 삶을 살아갈 것인지만큼 중요하다.

바람 부는 제주에는

1.

지숙이가 제주도에서 온 빵이라고 데워줬는데 어째서 제주에는 팥고물이 들어간 음식이 이렇게나 많은 것인지 궁금해졌다.

2.

내 친가는 제주다.

비밀까지는 아니었는데, 어쩌다 보니 누구한테도 이야기한 적이 없다. 목에 걸린 가시 같았다. 누군가 제주도 이야기를 꺼내면 나도 한마디 거들고 싶었지만, 그 뒤에 이어가야 할 말들에 차마 자신이 없어서 아무 말도 뱉지 못했다. 침만 꼴딱꼴딱.

더 정확하게 말하자면 열다섯 살 때까지만 해도 친할머니네는 신림동 어느 언덕배기 단독주택이었다. 그리고 우리 가족 어느 누구도 아빠가 집에 들르는 날을 기다리지 않게 되었을 때쯤 친가 식구 모두 제주로 내려갔다. 그 뒤론 아주 드문드문 서로의 슬픈 소식만 전해 듣는다.

고2 수학여행은 내 처음이자 마지막 제주 여행이었다. 여전히 제주는 어렵다.

동네 한 바퀴

1.

내 기억이 맞다면 네 살 때부터 초등학교 2학년 때까지 외할머니 손에 컸다.

외할머니네는 대도식당과 골목을 사이에 두고 나란히 서 있는 집이었다. 해가 지도록 골목에서 땅따먹기를 하거나 담벼락에 그림을 그리고 있으면 식당 창문마다 고기 기름 타는 냄새가 스멀스멀 번져 나왔다. 지금도 그 집 근처를 지나면 '가마솥에서 밥 익는 냄새가 넘실거렸다'던 누군가의 고향처럼 진득한 고기 냄새가 골목을 가득 메운다. 그 고기 냄새에 취하면 나의 어린 시절이 아른거린다.

할머니네는 양옥식 집이었지만 연탄을 땠다. 할머니네뿐만 아니라 우리 골목에 있던 집들은 모두 연탄을 땠다. 아침 등굣길엔 연탄을 버리러 나온 아줌마, 아저씨들께 인사하고 용돈으로 백 원씩 받았다. 그럼 그걸 모아다 새콤달콤이랑 청포도맛 도깨비 방망이 아이스크림을 사 먹었다.

주방 아궁이 위에는 늘 커다란 양은 들통이 엉덩이를 뭉개고 앉아 있었다. 그게 할머니네 온수기였다. 매일 아침, 할머니는 부엌에서 뜨거운 물을 떠다가 손녀딸에게 세수를 시켜주셨다. 여름엔 마당에, 겨울엔 거실 마루에 가만히 앉아 있으면 할머니가 부엌에서 미지근한 물이 찰랑거리는 다라이*와 비누를 들고 나오셨다. 비누 거품이 인 손으로 손녀딸 얼굴을 벅벅 문지르다 휴지 대신 당신 손에 코도 풀게 하셨다. 다섯 살쯤부턴 혼자 씻을 수 있었지만, 할머니가 목에 턱받이처럼 수건을 둘러주는 게 좋아서 가만히 있었다. 내 나름의 어리광이었다. 계모인 게 아닐까 의심할 정도로 무서웠던 엄마 앞에선 숨도 제대로 못 쉬었지만 할머니랑 있을 땐 그렇게 어설픈 어리광도 부릴 줄 알았다.

유치원에 다니던 때였으니까 나는 당연히 세상 모든 사람이 부엌에서 연탄을 때고 온수가 담긴 큼지막한 양은 냄비를 아궁이에 올려놓고 사는 줄 알았다.

유치원에선 낮을 가리느라 툭하면 점심을 걸렀다. 그래서 늘 무거운 도시락을 들고 집에 돌아왔고, 할머니는 차게 식은 밥을 보리차에 말아주셨다. 애 살쩐다며 엄마는 질색 팔색을 했지만, 할머니는 늘 소고기장조림과 깍두기를 반찬으로 내셨다. 할머니가 찢어준 고기반찬으로 겨우 도시락을 먹고 나면 마루에 엎드려 동화책을 읽었다. 빨간 구두를 신었다 발이 잘려나간 소녀 이야기를 가장 자주 읽었다. 무서웠지만 이상하게 자꾸자꾸 들척이게 되는 동화책이었다. 세상 뭐 그런 끔찍한 동화를 어린이 명작이라고 읽히는지. 그게 지겨워지면 아빠가 사준 베토벤 CD를 크게 틀어놓고 다락방 계단 앞에 서서 인형 놀이를 했다. 늘 공주님과 왕자님이 나오는 이야기였다. 내 상상 속에서 나는 주로 시녀였다. 어려서부터 배포가 작았네.

그게 내가 아는 세상 전부였다. 모든 집에 다락방이 있고 작은 마당이 있고 사람들은 창호지를 바른 미닫이문 뒤에서 잠든다고 생각했다.

---

* 대야가 표준어.

2.

집 앞 골목을 한달음에 뛰어나오면 맞은편 모퉁이에는 다방**이 보였다. 어쩌다 네 살짜리 애가 다방을 들락날락하게 됐는지 기억은 나지 않지만 혼자 놀기가 지겨워지면 다방에 놀러가 다양한 크기의 돌로 만든 정수기를 구경했다. 맨 위엔 큰 자갈이, 그 아래엔 조약돌이, 모래가, 숯이 깔려 있는, '자연의 정화 능력'을 모방한 정수기였다. 어마어마하게 커서 산속에 있는 아주 작은 계곡을 그대로 퍼다 옮겨놓은 것 같았다.

다방 아줌마는 늘 한복을 입고 계셨다. 아줌마의 얼굴은 이제 기억도 나지 않지만, 그녀의 옥색 한복은 분명 고왔다.

다방이 뭐 하는 곳인지도 몰랐고 그런 건 중요하지도 않았다. 다방 아줌마는 친절했고, 사탕을 나눠주셨으며, 가끔은 할머니가 못 먹게 하던 커피 우유도 타주셨기 때문이지.

3.

우리 동네는 나한테 그런 의미야.

친구라곤 옆집, 앞집 어른들, 크레파스와 인형밖엔 없었던 내 어린 시절에 온 걸 환영해.

** 엄마 어릴 적엔 외할머니도 다방을 운영하셨다고 한다. 현재 종로2가 스타벅스 자리에.

25

구천당 한의원 앞

1.

어려서부터 황학동에 다녔다. 토요일 오후에 삼촌이 쌀 배달 자전거의 지지대를 걷어내고 "갈래?"라고 물으면 그건 풍물시장에 가자는 말이었다. 콧바람 쐬는 건 어릴 때나 지금이나, 언제나 오케이.

풍물시장엔 유치원생에겐 하나도 필요 없는 물건 천지였다. 목각 골동품, 서예 액자, 조악한 가전제품, 고서, 성인용품, 빨간 비디오까지. 하지만 자전거 짐칸에 아빠다리를 하고 앉아 청계천 고가를 따라 길게 늘어선 좌판을 구경하는 건 좋았다. 사 가면 할머니에게 혼날 게 뻔한 골동품과 장난감을 뒤적이는 삼촌을 보면서 나도 모르게 '역사를 가진 것' 혹은 '과거가 있는 사람'의 마성에 눈을 뜬 것 같기도 하고.

청계천 복원 사업이 시작되고 도시의 미풍을 해친다는 이유로 서울시는 황학동 풍물시장을 요상한 건물 안에 쑤셔 박았다. 물론 복원된 청계천은 너무나 좋지만, 옛 풍물시장 자리에 올라선 주상복합 아파트를 보고 있으면, 뉴타운 개발로 사라져버린 집 앞 시장, 그 시장 골목 끝 소꿉친구네 집터를 보고 있노라면, 댐 밑으로 수장된 고향을 바라보는 실향민의 심정이 된다. 나의 역사는 무채색 아파트 단지들 아래로 매몰됐다.

2.

황학동이 예전 모습을 전부 잃기 직전에 지금의 내 카메라*를 만났다.

요즘은 동묘로 간다. 동묘에서 카메라를 살 때 가장 주의해야 할 점은 A/S 따위를 기대할 수 없다는 것이다. 카메라는 복불복에서도 불인 경우가 특히나 많아서, 일단 싸게 사서 운에 맡겨야 한다.

"사장님, 애 한 번만 더 보고 갈게요."

"흥흥흥 그러세요."

"이거 진짜 깨끗하게 수리돼요?"

"내일 카메라 맡기는 친구가 오거든요? 그 친구가 어떤 친구냐면, 일본에서 카메라를 손수 조립하는 사람들이 있는데 자기네들이 하다 기계적으로 막히면 그걸 고스란히 싸 들고 서울로 와요. 그 친구 만나러. 그런 친구예요. 허허."

"그럼 저 다음 주에 다시 와도 될까요??"

"그래요. 그럼, 예약금만 걸어두고 가요. 조-기 옆에 커피가 500원이거든요? 그 커피로 예약금 걸어두고 가요. 그럼 누가 와서 만 원, 이만 원 더 준다고 해도 안 팔게요."

"진짜요? 진짜죠? 커피 한 잔으로 괜찮으시겠어요??"

"허허. 나는 돈이 필요해서 나와 있는 사람은 아니에요. 커피 한 잔이면 돼요. 설탕은 빼고요. 내가 살을 빼야 해서요. 허허."

---

* 마흔 살이 넘은 펜탁스 K1000인데, 당시에 삼만 원이었던가. 지금은 십만 원까지 올랐더라. 그리고 펜탁스를 살 당시 만 원에 끼워주시겠다던 야시카도 십만 원 가까이 올랐다.

카메라 두 대, 조각도 몇 개, 컵 세트 하나. 사장님은 돗자리 위에 개연성 없는 물건들을 늘어놓고 일본어로 된 미술 서적을 읽고 계셨다. 커피를 받아드시더니 "예쁜 아가씨에게 이런 걸 시켜서 미안하네요." 하셨고 다음 주 일요일에 다시 오라셨다. 그리고 프랑스어를 더 공부하라는 말도 덧붙이셨다.

요즘도 동묘에 가면 그 사장님이 계시던 자리를 꼭 들르는데, 1년 전부터 돗자리가 보이지 않는다. 돗자리를 간 건물 3층에 살고 계신댔는데 건물이 리노베이션된 걸 보니 이사를 하신 것 같기도 하고, 원래도 건강이 좋은 편이 아니라고 하셨는데, 무슨 일 있으신가 싶기도 하고.

사장님은 내가 갈 때마다 "우리 예쁜 친구 왔네요." 하셨다. 나보다 40년쯤 먼저 태어난 친구를 사귄다는 건 이렇게 급작스러운 끝을 각오하고 있어야 한다는 의미일지도 모르겠다.

200만 원짜리 피아노

1.

인생에서 절대다수의 시간을 할머니들과 함께 보냈다. 엄마, 아빠와 함께 산 시간은 고작 3년 정도밖에 되지 않는다. 국민학교에 입학해서 초등학교를 졸업했는데, 그 기관명이 바뀔 때쯤 외할머니 집에서 나와, 엄마 아빠와 함께 한강이 내려다보이는 아파트로 이사했다.

2.

아파트에 살 때, 여느 집 애들처럼 아파트 상가 3층에 있는 피아노 학원에 다녔다. 선생님이 학습장에 별, 동그라미, 세모, 네모를 그려주면 연습곡을 한 번 칠 때마다 색칠할 수 있게 해주는 학원이었다. 피아노가 좋아서 다닌 건 아니고 어느 날 엄마 손에 이끌려 갔다. 실은 아래층 화실에 더 다니고 싶었는데, 나는 엄마랑 안 친해서 말을 못 했어.

여튼, 학원을 다니다 보니까 학원 친구들은 다 집에 피아노가 있더랬다. 선생님이 "주말에 집에서 연습해오세요." 하면 친구들은 마지못해 "으앙. 네…" 하고 우는소릴 할 수 있었는데, 나는 체르니 100번을 배울 때까지 집에 키보드도 없었다.

그땐 우리 할아버지가 더 나이 많아, 우리 엄마가 더 무서워, 같은 것들로 힘겨루기를 하는 나이였는데 나는 피아노 학원에 가면 꿀 먹은 벙어리가 되니까 그게 속상했겠지. 엄마한테 조금석 피아노가 '필요하다'고 조르기 시작했다. 그림 배우고 싶다는 말도 못 해놓고 피아노 사주면 매일 연습할 거란 거짓말은 어떻게 그렇게 태연하게 했을까?

엄만 그게 거짓말인 걸 뻔히 알면서도 속아줬던 것 같다. 어느 날 집에 가보니 갈색 피아노 한 대가 거실에 자리 잡고 있었다. 여타 그랜드 피아노처럼 뚜껑을 위로 번쩍 들어 올리는 대신 건반 뚜껑을 서랍처럼 밀어 넣는 특이한 피아노였다. 엄마는 "200만 원이나 하는 거"라며 약속한 대로 꼬박꼬박 연습하라고 당부했다.

다음 날 학원에 가서 엄마가 나한테 얘기해줄 때보다 좀 더 과장된 목소리로 친구들에게 우리 집 피아노를 자랑했다. 그때는 친구네 그랜드 피아노 같은 거 전혀 부럽지 않더라. 바흐 치는 친구도 안 부러웠고.

근데 그 뒤로도 연습은 잘 안 했어. 피아노는 체르니 30번도 다 못 떼고 그만뒀고. 피아노는 언제 팔았는지 기억도 안 나.

3.
피아노를 오래 배우지는 않았다. 한 2년?

어느 날, 엄마가 넌지시 물었다.

"피아노 재미있니? 계속 할 거야?"

피아노보다 그림 배우고 싶어, 라고 대답하려다 입을 다물었다. 엄마가 바라는 대답은 그게 아니었다. 피아노 그냥 그래, 그러고 말았다. 거짓말은 아니었다.

엄마는 언젠가부터 집전화를 받지 않았다. 집전화가 울릴 때마다 나에게도 주의를 주었다.

"전화받으면 안 돼. 혹시라도 아빠 찾거든 집에 안 계신다고 하고. 모른다고 해."

거짓말은 나쁜 거라고 가르쳤던 엄마는, 거짓말이 들통나면 내 몸 여기저기 피멍이 들 때까지 때리던 엄마는, 내게 거짓말을 부탁했다. 그때부터 전화벨만 울리면 덜컥 겁이 났다. 내 편은 아빠뿐인데 누군가 아빠를 잡으러 오려나 보다. 아빠를 도와주려면 나는 거짓말을 하는 나쁜 사람이 되어야 하는구나.

결국 아빠의 부도와 함께 아파트 생활도 끝이 났다. 주중이고 주말이고 가리지 않고 낯선 아저씨와 아줌마 들이 집에 찾아왔다. 전화 속 아저씨들처럼 아빠를 찾진 않았지만 엄마, 아빠 친구도 아닌 사람들이 자꾸 집에 오는 게 반갑지만은 않았다. 집안을 두리번거리던 어른들은 거실 구석에서 경계하는 눈으로 자신들을 노려보는 날 발견하면 "우린 집만 잠깐 보고 갈 거야. 괜찮아." 하고 안심시키려 했다. 나는 그런 하찮은 거짓말을 듣자는 게 아니었다. 어른들은 아이란 체구만 작을 뿐 자신들처럼 오감과 이해력이 발달한 인간이라는 점을 늘 과소평가한다. 그래서 어른들이 아이들에게 하는 거짓말은 늘 성의 없고 어설프다.

아무도 내 팔을 움켜쥐고 마주 앉아 상냥한 말투로 부도의 사전적인 정의가 무엇인지 읊어주지 않았지만 그 단어를 주고받는 어른들의 목소리만 들어도 '집안 돌아가는 꼴'을 알 수 있었다. 대출, 경매, 담보 같은 단어를 그때 처음 배웠다. 열 살이었다.

우리는 한강이 내려다보이던 아파트를 헐값에 팔고 나왔다. 그리고 한강 대신 네온사인이 밤낮없이 창밖을 밝혀주는 모텔 골목 맨 끝 집으로 이사했다.

잘 시간이면 머리맡 창문이 알록달록한 색으로 빛나는 게 영 어색하긴 했지만 조용하고 안전한(?) 주거환경이었다.

그때까지만 해도 피아노를 가지고 나왔던 것 같은데.

3-2.

골목이 조용했던 이유가 고객의 익명성을 보장해야 하는 모텔의 공간적 특수성과 세심한 방음 설계 덕분이었단 걸 내가 모텔을 드나드는 나이가 되고 나서야 알았다.

4.

요즘은 뭘 하려다 말고 그 생각을 잠깐씩 해. 내가 인증샷 찍으려고 거기 가려는 건 아니겠지?

누구한테 보여주려고, 부러움을 사려고 살면 안 되는데 말이야.

자기만의 방

최초의 '내 방'은 해가 떠도 별을 볼 수 있는 방이었다.

내 방이 처음 생긴 건 초등학교 2학년. 엄마, 아빠와 함께 아파트에 살게 되었을 때였다. D 아파트 11동 603호.

요즘 들어서는 아파트에서는 보기 힘든 복도식 아파트였다. 한 층에 총 열네 가구가 엘리베이터를 사이에 두고 양 날개에 길게 늘어서 있었다. 우리 집은 왼쪽 날개 끝에서 세 번째 집.

실수로 옆집 사람이 문을 열고 들어온대도 남의 집인 걸 전혀 눈치 채지 못할 정도로 전형적이고 무미건조한 인테리어였다. 현관 한켠에 는 체리목 신발장과 거울이 서 있었고, 집안에 들어서면 오른편으로는 주방이, 정면에는 거실이, 왼편으로는 안방과 화장실, 내 방이 있었다. 내 방에 놓인 책장에는 어느 집에나 있을 만한 전집 시리즈가 빼곡했다. 《한국의 역사》, 《세계의 역사》, 《먼 나라 이웃 나라》, 《세계명작동화》 같은 것들. 작지도 크지도 않은 집에 오면 다들 신기해하며 들여다 보는 가구도 두 개 정도 있었다. 주방에 있던 스윙도어 냉장고와 거실에 놓인 큰딸의 피아노. 둘 다 기능보다 전시 용도가 더 큰 가구였다. 이 집 좀 사나 보네, 소리 들을 수 있는 일종의 상패 같은 가구들. 지금 생각하 면 엄마 아빠에게는 그것이야말로 최고의 인테리어였는지도 모르겠다.

한강이 내려다보이는 아파트, 중산층 합격선을 턱걸이로 겨우 넘겼지만 누가 봐도 의심할 여지없이 '중산층'으로 보이는 3인 가구 가정집.

하지만 그 평범한 집의 진짜 자랑은 바로 연두색 별이 뜨는 내 방 천장이었다.

불을 끄면 깜깜한 천장에 연두색 별이 은은하게 빛을 냈다. 문방구에서 팔던 플라스틱 야광별을 천장에 매단 것이 아니라 아예 야광별이 인쇄된 벽지를 발랐다. 아마 아빠의 선택이었을 것이다. 왜냐면 내가 처음 아파트에 들어가던 날, 아빠는 내게 보여줄 게 있다며 당신 손으로 내 눈을 가리셨거든.

눈 감아봐.

아빠에게 몸을 기댄 채 불 꺼진 방에 들어서자 점점이 흩뿌려진 연두색 별이 나의 작은 우주를 밝히고 있었다. 그런 아빠였다. 소소한 서프라이즈 선물을 해주던 아빠. 맘에 들 때도 있고 눈물 날 정도로 싫을 때도 있었지만, 그래도 서프라이즈의 낭만을 아는 건 엄마가 아니라 아빠 쪽이었다.

친구들이 집에 놀러 오면 나도 아빠를 따라 했다.

눈 감아봐.

그리곤 방문을 최대한 천천히 열며 말했다. "자, 이제 천장 봐봐."

지금도 불 꺼진 내 방에 누워 있을 때가 하루 중에 가장 좋다. 이제 별이 뜨는 천장 같은 건 없지만 오롯이 혼자가 될 수 있는 방. 세상의 시류와 상관없이 홀로 침전할 수 있는 나만의 육첩 다다미방.

엄마의 장래희망

1.

엄마는 지금 내 나이*에 결혼했다. 당시 엄마의 장래희망은 아나운서 딸을 둔 엄마가 되는 것이었다. 그래서 나이를 헤아릴 수 없는 어린 날의 기억들 중엔 엄마가 사람들에게 내 장래희망이 아나운서라고 나 대신 이야기하던 모습도 있다. 그때나 지금이나 아나운서가 되는 일에는 전혀 관심이 없지만 그래도 어릴 땐 지금보단 엄마 말을 잘 듣는 딸이었으므로 엄마의 기대에 부응하기 위해 틈틈이 기자 놀이를 했다. 질문은 늘 같았다. 나는 휴지 걸이에서 나무 막대기를 뽑아 들어 마이크처럼 쥐고 엄마에게 달려갔다. 그리고 엄마와 아빠에 관해 물었다.**

"김 아무개 씨는 남편을 어떻게 만나게 되었습니까?"

그러면 엄마는 물어볼 게 그것밖에 없느냐고 핀잔을 주면서 전날 했던 대답을 되풀이했다.

---

* 이 글을 쓸 당시 스물아홉이었다.
** 확실히 난 어릴 때부터 이성관계에 관심이 많았네.

"니네 아빠랑은 버스에서 만났지. 엄마가 버스에서 내리려는데 네 아빠가 이름을 물어봐서 데이트를 했어."

"몇 번 버스였습니까?"

"아, 몰라아."

"얼마나 만나셨습니까?"

"한 3~4년 만났어. 아휴 됐어, 그만해."

"왜애애~~~~~~~~~!"

2.

먹먹하네.

3.

엄만 내가 스물이 넘어서야 그때 그 질문에 제대로 답해줬다. 엄마는 아빠를 통근 버스에서 만나 4년간 연애했다. 그리고 심심하면 엄마를 때리고 구박하고 못살게 굴던 두 삼촌과 딸에게 무심한 외할머니에게서 벗어나기 위해 결혼을 선택했다.

결혼이 아니면 그 집에서 나올 방법이 보이지 않았고 네 아빠가 아니면 그 나이에 누군가를 다시 만나서 또 연애할 수 있을지 자신이 없었다고. 그리고 당신의 딸은 절대, 탈출하기 위해 결혼을 선택해선 안 된다고.

4.

교회에서 만나셨다던 너희 부모님은 8년의 연애 끝에 결혼하셨댔지. 나는 그게 참 좋았어. 안정적이고 건강한 사랑 속에서 이루어진 가족. 그렇게 다복하고 화목한 가정에서 자란 덕에 네가 그런 사람이 된 것 같아서 네 부모님 연애 얘기까지도 좋더라.

　그냥, 그랬다고.

부모

1.

존재로도 부재로도 막대한 영향력을 발휘하는 사람,들.

2.

영어로 부모는 parents. Mother and father가 아니라 성을 따지지 않는 parents. A parent가 기본형으로, 둘 이상을 가리킬 땐 parents. 고로 A parent로도 존재할 수 있으며 다수의 parents로도 존재할 수 있다.

암모나이트, 태아

사람은 너무 고통스러우면 몸을 아주 작게 웅크린다. 가장 안전하고 평화로웠던 자궁 속 태아처럼. 몸은 의식이 자리 잡기 훨씬 이전의 것들을 감각으로 기억하는지도 모르겠다.

엄마가 좋아, 아빠가 좋아, 묻는다면

1.

어렸을 때, 엄마는 날 수영선수로 키울 생각이었다. 아무래도 아나운서는 안 되겠다 싶었던 거지. 하지만 나는 경쟁심이나 승부욕 같은 걸 타고나질 못했다. 엄마는 싸울 때마다 내 모자란 구석은 귀신같이 포착해서 무기로 쓰면서, 내 재능이 무엇인지는 예나 지금이나, 잘 모른다.

엄마는 둔해빠진 큰딸을 답답해했고, 엄마의 성화에 못 이긴 아빠는 가끔 호텔 수영장에 아는 친구가 있다며 날 데리고 워커힐이나 하얏트에 갔다. 지금 생각해보니 그런 고급 호텔에 진짜 아빠 친구가 있긴 했나 모르겠다. 부부 싸움 소식이 이모할머니들 귀에까지 들어가면 할머니들은 늘 그러셨다. "얘네 아빤 속을 모르겠어. 아주 의뭉스럽다니까." 할머니들 등쌀에 떠밀려 아무 말도 할 수 없었던 게 아닐까, 이제사 헤아려본다.

의뭉스러운 아빠가 비밀스러운 친구를 둔 덕분에(?) 여름엔 조용하고 따뜻한 실내 수영장에서 시간을 보낼 수 있었다.

호텔에 가면 꼭 어른이 된 것 같았다. 세상 물정 모르던 유치원생일 때도 직감적으로 호텔에서 점잖게 행동하지 않으면 집안 망신이라고 느꼈던 것 같다. 일단 탈의실 조명부터 동네 스포츠센터와 달랐으니까. 아빠가 창피하지 않도록 열심히 어른 흉내를 냈다.

아빠의 프라이드를 타고 호텔 수영장에 갈 때만큼은 수영이 재미있었다. 아빠와 단둘이 외출하는 주말은 사실 늘 재미있었다.

그 시절 사진 속 나는 늘 아빠 곁에 달라붙어 있다. 검은색, 흰색 줄무늬가 굵게 새겨진 민소매 원피스를 입고 선글라스로 한껏 멋을 부린 나. 그리고 나와 키를 맞추려 쪼그려 앉은 아빠. 워커힐에서 찍었던 사진. 아빠 껌딱지.

1-2.
사실 아빠랑은 경륜장을 제일 자주 갔다.

2.
아빠가 보고 싶은 건 아니다. 그건 정말 아니다.

3.
다 큰 지금도 워커힐*을 좋아한다. 주머니 사정이 여유로운 명절에는 한 번씩 가서 혼자 조용히 책을 보거나 집에선 안 나오는 케이블 채널을 넋 놓고 보다 밤수영 하러 간다.
올해도 돈 열심히 모아서 한 번 더 가야지.

---

* 특히 더글라스 별관을 좋아한다. 아차산 깊숙이 위치해서 적막한 데다 상대적으로 저렴하기까지 하다.

4.

지금은 수영 1도 모른다.** 그냥 체격만 수영선수.

5.

그리고 저건 당연히 IMF 이전 이야기.

** 2017년 1월부터 수영을 다시 배웠다. 같은 레인 어머님들의 시기와 질투 속에서도 내 실력은 하루가 다르게 일취월장했다. 그해 여름엔 오키나와에 가서 구명조끼 없이 스노클링도 했고. 스노클링 세 시간 만에 목덜미부터 허벅지 뒤까지 전부 화상을 입긴 했지만, 수영이 체고시다. 수영 짱.

오라이, 오라이

회사 근처 밥버거 집에서 점심을 사 오는 길이었어. 여의도엔 20년은 좋이 될, 담장이 낮은 아파트 단지가 많거든. 키 작은 담장 너머로 후진 주차 중인 모자를 봤어. 매캐한 매연을 뿜는 오래된 흰색 소나타 같았는데, 후진하는 아들에게 엄마가 "오라이, 오라이." 하는 거야.

그 단어를 아빠한테 처음 배웠을 때가 불현듯 떠오르더라. 엄마가 차 뒤에 서서 "오라이, 오라이." 하던 게 어른들만의 신호 같았거든. 그래서 아빠랑 단둘이 외출하는 날엔 꼭 내가 먼저 차에서 내려서 "오라이, 오라이." 했어.

오라이가 'Alright'이란 걸 처음 알았을 때 아빠한테 제일 먼저 자랑하고 싶었는데.

결국, 하지 못했어. 더는 이을 말이 없네.

그것이 바로 사랑, 사랑, 사랑이야

1.

지난 주말에 이중섭 전시를 보러 갔다가 어김없이 눈물 콧물을 질질 짜고 나왔다.

"천장이나 벽에 가득 그림을 그리고 싶어. 먹을 것만 준다면 말이야."

종이 가득 환히 웃는 아이들의 모습을 그리던 파파 중섭은 어찌 눈을 감았을꼬.

2.

아빠는 김현식을 좋아했다. 유치원 때 가족끼리 노래방을 가면 아빠는 꼭 '내 사랑 내 곁에'와 '사랑 사랑 사랑'을 불렀다. 아빠 차에서 하도 들었더니 나는 노래 가사를 전부 외울 지경이었다. 다섯 살이었고, 사랑의 뜻도 모르는 주제에 어딜 가든 김현식 노래를 흥얼거렸다. 엄마 친구들 앞이나 유치원 장기자랑 시간에도 나는 김현식 노래를 불렀다. 내가 전곡을 따라 부를 정도가 되자 아빠는 노래방에 갈 때면 나에게 후렴구를 양보했다. 사실 노래방은 후렴구를 부르러 가는 건데.

그것이 바로 사랑, 사랑, 사랑이야.

3.

아빠는 혹시 김광석은 좋아하지 않았느냐고 묻고 싶다.

크레타인의 오류

엄마가 맨날 논리적으로 따지려는 날 보고 "맞는 말만 하면 사람들이 싫어한다"고 했는데, 맞는 말밖에 안 하는 그 사람을 떠올려보니 역시 엄마 말은 다 맞다.*

---

* 그럼 엄마 싫어해도 되는 건가?

이족(離族)소송

　가족과도 합법적인 절차를 통해 관계를 정리할 수 있는 법이 제정되어야 한다. 부부만 이혼할 수 있게 해놓은 현재 시스템은 부모와 자식, 형제, 자매, 친인척들 사이에서 벌어지는 수많은 문제를 묵과하고 있다.

물가에 내놓은 연애

1.

엄마들은 딸이 연애를 시작하면 바로 눈치챘다고 하던데, 우리 엄만 '쟤가 여태 (잠자리는커녕) 남자 손이나 잡아봤겠나' 하는 눈치다.

2.

내가 초등학교 고학년이 되면서 엄마는 급격하게 술이 늘었다. 별 이유 없이 나에게 손찌검하는 날도 늘었다. 그때부터 누구한테든 이 상황을 알리고 싶다는 생각과 엄마가 제발 엄마 인생을 찾았으면 좋겠다는 생각을 함께 했다. 우리 때문에 이혼도 못하고, 죽고 싶어도 죽지도 못한다고 대성통곡을 하면서 날 팰 게 아니라 빚 늘리는 재주밖에 없는 아빠와 이혼하고, 돈을 벌 수 있는 다른 방법을 찾아봤음 좋겠다고 생각했다. 나한테 화풀이를 할 게 아니라 차라리 친구를 만나서 재미있게 놀다 오면 낫지 않겠는가? 6학년 때 처음 그런 생각을 해봤고, 여전히 한다.

하지만 '엄마의 친구' 범주에 '남자친구'를 포함해 생각해본 적은 없는 것 같다.

이혼한 지 10년도 더 되었을 때, 엄마에겐 남자친구가 생겼다. 남자친구라고 불러드려야 하는지, 애인이라고 불러드려야 하는지, 아니면 그냥 아저씨라고 해야 할지 여전히 모르겠는데, 편의상 아저씨라고 하겠다. 엄마가 자신의 연애를 커밍아웃한 건 사실 나랑 동생이 엄마의 연애를 눈치채고 한참 뒤의 일이다.

아무래도 껌새가 이상했다. 우리에겐 몇 가지 단서가 있었다.

언제부턴가 엄마가 집 밖에서 전화받는 일이 잦아졌다. 방음이 안 되는 집도 아닌데 말이지. 그렇다고 대단히 긴급한 업무 내용이라든가 심오한 논의가 오가는 전화 같진 않은데 오밤중에, 혹은 주말 오후에, 엄마에겐 짧은 전화가 자주 걸려왔다. 그리고 그때마다 엄마는 현관문 밖에서 전화를 받았다.

찬장에 쌓여 있던 반찬통은 조금씩 줄어들었다. 엄마는 목요일이나 금요일이면 평소보다 훨씬 큰 장바구니를 들고 퇴근했다. 그리고 거의 매주 새로운 반찬을 만들었다. 주로 진미채 볶음이나 멸치 볶음 같은 마른 반찬이었고 가끔 소고기 장조림도 만들었다. 내가 "아니, 집에서 밥 먹는 사람도 없는데 반찬을 도대체 왜 이렇게 많이 하는 건데?" 하고 볼멘소리를 하면 엄마는 "아니, 할머니 댁에도 좀 가져다드리고 그럼 되지. 원래 있으면 다 먹는 거야!" 하고 버럭 화를 냈다.

뭐야. 안 먹으면 다 버려야 되니까 그러는 거구만.

버럭 소리를 지르고 난 엄마는 여분의 통을 꺼내 남은 반찬을 담았고, 주말엔 그 반찬 통들을 한 아름 껴안고 어딘가로 떠났다. 그런 날이면 엄마는 새벽이 돼서야 귀가하거나 아예 외박을 하기도 했다. 우리 집은 내가 10대일 때도 외박에 관대했던 터라* 나도 동생도 친구네 집에서

---

* 엄마는 "딸을 믿으니까" 허락해주는 거라고 했지만, 믿는다기보단 그냥 '사고를 칠 깜냥이 안 되는 애'라는 걸 알아서 그랬던 것 같다.

자고 오는 일이 흔했는데, 엄마의 외박은 얘기가 달랐다. 엄마는 회사 워크숍 할 때나, 일 년에 두어 번, 수원인지 천안인지에 사는 친구네 갈 때가 아니면 외박한 적이 없었다. 그랬던 엄마가 언제부턴가 주말 밤에 집에 오지 않았다. 심지어 집에 안 들어온다는 연락도 없이 외박을 하고 다음 날 점심시간이 훌쩍 지나서야 귀가하는 일도 부지기수였다. 나랑 동생은 "아니, 집에 안 오면 안 온다 말을 해야 사람이 걱정을 안 하지. 무슨 일 있는 줄 알았잖아."라고 입을 모아 잔소리를 했다. 하지만 주말 이 돌아오면 엄마는 또 새벽녘까지 출타 중이었다. 나는 동생에게 "야, 뭔가 엄마랑 딸의 위치가 바뀐 거 같지 않냐? 외박을 가장 열심히 해야 하는 건 지금 우리 아니야?"라고 농담도 했다. 그때까지만 해도 정말 농 담이었다.

우리의 지레짐작이 거의 확신에 가까워진 건 빨래를 돌릴 때였다. 못 보던 속옷이 자꾸 보였다. 빨래를 할 때마다 동생 취향도 아니고, 그렇 다고 내 것도 아닌, 과감한 디자인과 색상의 속옷이 딸려 나왔다.

어라?

3.

나와 동생이 희미한 불안감 속에서 코끼리 다리를 더듬고 있던 어느 날, 엄마가 난데없이 주말 외식을 제안했다. 집에서도 가족끼리 식사하 는 일이 별로 없는데, 외식이라니?

"엄마 친구가 너네 한번 만나보고 싶다는데, 괜찮지?"

4.

전혀 놀랍지 않았다. 물론 예상만큼 어색했다. 상견례의 분위기가 이 런 걸까? 물론 상견례의 주인공이 내가 아니라는 게 반전이지만. 환갑

이 멀지 않은 나이에 연애를 시작한 어르신 두 분을 모시고 아웃백에 앉아 일요일 점심을 먹는 일은 생각보다 (막장) 드라마틱하지 않았지만 역시 예상만큼이나 부자연스러웠다. 화기애애한 분위기를 연출해보겠다는 생각은 아니었지만 그래도 '나는 어르신에 강하다!'는 자신감이 있었다. 친구네 집에 가도, 사돈의 팔촌까지 모이는 집안 행사에 가도 어르신들 예쁨은 내 몫이었으니까. 하지만 내 앞에 앉은 어르신이 남의 부모나 두 번 다신 안 봬도 되는 친척이 아니라 엄마와 가까운 사람이라고 생각하니 뭐 하나 자연스러운 게 없었다. 그리고 아저씨는…

우리 예상보다 작고 까맣고, 순박한 분이었다. 능숙하게 분위기를 이끄는 타입이 아니라 어색함을 감추려고 과도하게 노력해서 오히려 그 어색함을 부각시키는 타입이셨다.

나나 동생은 뭐랄까, 황혼(?)의 연애를 TV나 영화로만 접해서 그런가? '엄마의 남자친구'에 대한 판타지가 있었다. 엄마의 남자친구를 처음 만나는 자리인 만큼 좀 더 묵직하고 무거운 분위기의 아저씨가 나오기를 기대했다. 헌데 우리 맞은편에 앉은 분은 키가 엄마만 하고** 목소리가 엄청 크고 높은 데다 뭔가, 행동이 굉장히, 가벼워 보였다. 우리를 만나기 전에 이미 내적 친밀감을 한껏 끌어올리고 오신 분 같았다고 해야 하나. 아, 도저히 알맞은 수식어를 찾을 수가 없네.

'언제 또 볼지 모르는 엄마 친구니까 비싼 거 막 시켜야지!'하는 철딱서니 없는 생각과 '저희한테 아무것도 안 사주셔도 되니 제발 저희 엄마 잘 봐주세요. 제발 엄마 좀…'하는 노파심(?)이 동시에 드는 식사 자리였다.

** 우리 엄마 155센티미터다.

5.

식사가 끝나고, 아저씨는 식당 앞에서 동생과 나에게 용돈이라며 10만 원씩 쥐어주셨다. 엄마는 아저씨의 차에 탔고 (데이트하러 갔겠지) 우리는 집으로 돌아갔다.

"야, 근데, 왜 이렇게 걱정되지? 원래 부모의 애인을 만나면 이런 건가?"

동생과 나 둘 다 물가에 내놓은 애를 바라보는 (부모의) 심정이었다.

6.

집에 돌아온 나는 엄마에게 어떤 응원의 말을 해줘야 하나 고민하고 있었다.

"엄마, 우린 엄마의 연애를 응원해!"

"엄마, 인생은 50부터래!"

"엄마, 아저씨랑 잘 어울리더라."

"엄마, 이제 제발 사랑받으며 살아."

드라마나 영화 대사 같은 근사한 말들을 떠올려봤지만 전부 오글거려서 참을 수가 없었다. 그리고 이상하게, 무엇 하나 진심으로 느껴지지 않았다. 나는 순수하게 기뻐할 수 없었다. TV에서 봤던 황혼의 연애와 그 주변인들의 반응은 너무 미화되어 있었다. 정말이지 드라마는 현실을 능가할 수 없다.

엄마가 연애를 고백하기 전까지만 해도 '나는 오픈 마인드형 인간! 이런 것쯤 자연스럽게 받아들일 수 있어!'라고 자만했다. 내 맘에 들고 안 들고가 뭐가 중요하담, 엄마만 좋으면 됐지!

하지만 현실은 내 예상과 조금 달랐다.

엄마가 좋은 사람을 만나 행복하길 바란 건 맞지만 아저씨와의 연애가 과연 엄마를 행복하게 해줄까? 기우가 앞섰다. 그분도 아빠 같지 않으리란 보장이 어디 있어? 엄마한테 사기를 치는 거면 어떡하지? 가진 거라곤 장성(했는데도 여전히 앞가림을 할 줄 모르는 듯)한 딸 둘이 전부인 울 엄마가 뭐가 그렇게 좋으시다는 거지? 그리고 아니, 만날 거면 좀, 이렇게, 막 주현 아저씨 같은 느낌의 아저씨를 만나든가. 저쪽 집 자식들은 엄마 만나봤나? 울 엄마를 맘에 들어했을까? 이렇게 계속 만나면 어떻게 되는 거지? 결혼하시는 건가? 그럼 같이 살아? 아, 설마. 근데 이러다 또 헤어지면? 그 뒷감당을 도대체 어떻게 하려고? 또 상처만 받고 끝나면?

딸이 데려온 남자들은 죄다 반대하고 나선다는 딸바보 아빠들 마음도 알 것 같고, 눈에 불을 켜고 딸내미의 첫 연애시기를 늦추려는 엄마들 마음도 알 것 같았다. 엄마의 연애를 통해 자식의 연애를 바라보는 부모의 마음을 어설프게라도 알 수 있었다.

6-2.

그런데, 나는 정말 엄마가 걱정됐던 걸까? 진심으로 엄마의 행복을 바란 것일까? 엄마라는 책임감을 덜어낸 내 행복이 아니라? 그저 내 어깨 위에서 짐 하나를 덜고 싶었던 건 아니었을까?

나는 엄마를 행복하게 해줄 '백마 탄 왕자님'이 아니라 내 짐을 대신 져줄 믿음직한 '대리인'을 기다리고 있던 게 아니었을까?

나의 또 다른 위선이 투명하게 들여다보인 하루였다.

7.

엄마는 연애 고지 후 약 반년 더 아저씨를 만났다. 길다면 길고 짧다면 짧은 연애 기간 동안 동거와 재혼 얘기가 오갔다. 저쪽 집에선 어떻게 생각했는지 모르겠지만 나는 엄마의 재혼을 꿈꾸며 나름의 기대와 포부를 품었다. 드디어 독립이다. 엄마와 떨어져 살 수 있겠구나. 엄마 재혼을 핑계로 독립하면 '혼자인 엄마 버리고 나간 불효녀'라는 딱지, 죄책감에서 자유로울 수 있겠구나. 이 와중에도 모든 사건 사고(思考)의 중심이 나라는 게 정말 치가 떨리게 자기중심적이고 자의식 과잉인 인간의 전형 같지만, 그래도 그 꿈 같은 미래—엄마로부터의 완벽한 자유, 독립—를 그리며 나를 위해서라도 엄마가 재혼에 골인했으면 좋겠다고 생각했다. 아저씨만큼은 엄마를 버리지 않았으면 좋겠다고 생각했다.

이렇게 오래도록 두 분이 지지고 볶고 살면 좋겠다고 빌었지만 여느 연인들처럼 결국,

두 분도 헤어졌다.

8.

타인의 연애를 통해 또 하나 배운 점: 이별 후 헤어진 전 애인 대신 주변 사람에게 온갖 화풀이를 하는 건 사람이 반백 살이 되어도 똑같다.

62색 크레파스

어렸을 때, 크리스마스에 가장 받고 싶었던 선물은 문방구에서 파는 크레파스 세트였다. 그중에서도 색이 가장 많은 크레파스 세트. 45색일 때도 있었고 62색일 때도 있었고. 접어서 들고 다닐 수 있게 만든 그 대형 크레파스 세트는 마개를 열고 딱 펼쳤을 때, 너무너무, 부내가 났다. 일단 각기 다른 크레파스가 만들어내는 그라데이션이 20색 세트보다 훨씬 촘촘했고 케이스 가장자리에 달린 날개에선 반짝이나 형광색 같은 특이한 크레파스가 자태를 뽐냈다. 물론 색이야 섞으면 얼마든지 만들 수 있다지만 금색이나 은색, 형광색 같은 건 삼원색을 섞는다고 나오는 게 아니니까.

그래서 미술 시간이면 날개 달린 크레파스 상자를 활짝 펼쳐 친구들이 곁눈질해주기만을 기다렸다. 소심해서 내가 먼저 자랑은 못 하고, 우와, 하고 노골적인 부러움의 탄식을 들으면 어깨가 아주 조금, 우쭐했다. 잠시나마 관심의 중심이 되는 게 좋았다.

그래도 크레파스를 나눠 쓰는 건 싫었다. 특히나 내가 좋아하는 색, 그러니까 삼원색으로 만들기 어려운 색만 골라 "한번만 써볼게"라던 애들, 그래놓곤 종이 울리면 반 토막 난 크레파스를 돌려주는 애들이 너무너무 미웠다. 하지만 나는 질문에 대한 답이 "응" 아니면 "네"밖에 없는 세상에서 자란 애. 화는커녕 부탁을 거절할 줄도 몰라 겉으로 웃으면서 괜찮다 말하고 하굣길 내내 혼자 우는 애. 반짝거리는 크레파스를 실컷 쓸 수 있어 좋았지만 아끼는 물건을 어떻게 다뤄야 할지 몰랐고, 내 것을 함부로 다루는 사람에겐 화를 내도 된다는 사실을 배우지 못해 괴로웠던 미술 시간.

HBD

어렸을 때 끔찍한 생일파티를 한 기억이 있다. 동네에 버거킹이 생긴 해였다. 우리 집이 모텔 골목으로 이사를 하고 내가 스쿨버스 대신 마을버스를 타고 등교를 시작한 해기도 했다.

엄마는 딸 자존심을 세워주려 버거킹에서 생일파티를 열자고 했다. 아이스크림 케이크도 사줄까? 당시 아이스크림 케이크는 나온 지 얼마 안 된 잇템(it-item)이었다. 나는 아이스크림 케이크를 자랑하고 싶은 맘이 굴뚝같았지만 설레는 마음을 최대한 억누르면서 가까운 친구들 몇 명만 불렀다. 너무 많이 부르면 엄마 지갑에 부담이 될 테니까.

하지만 생일 아침부터 비가 왔다. 의상 선택 시 TPO를 꼭 따져보라고 하는데, 비 오는 평일 오후, 지하철역에서 멀찍이 떨어진 패스트푸드점은 생일파티를 하기에 썩 훌륭한 TPO가 아니었다. 친구들은 하나, 둘 약속 시간보다 30분이나 늦게 나타났고, 45분이 넘은 시점에서도 오기로 한 친구들의 3분의 1밖에 모이지 않았다. 결국 친구 셋, 나, 엄마, 이렇게 다섯 명이 모여 햄버거를 먹고 반쯤 녹은 아이스크림 케이크에 꽂힌 촛불을 붙였다. 정말 입술을 꽉 깨물면서 눈물을 참았다.

그 뒤로 다신 생일파티를 하지 않았다.*

만 서른이 되면** 나를 공통분모로 둔 친구 서른 명을 모아 생일 '잔치'를 하고 싶었는데, 과연 가능할는지. 일단 내 친구가 서른 명씩이나 되는지 자신이 없는 부분…

---

* 다행히도 열아홉 생일엔 미국 친구들이 서프라이즈 파티를 열어줬고('cuz they thought that I was a slave under house arrest that no one threw a birthday party for and I practically was.) 스물다섯에는 마침내 고독한 생일파티의 트라우마를 극복할 수 있었다. 그해 생일엔 난생처음 내 손으로 음식을 차리고 고마운 사람들을 불러 모아서 밤새도록 놀았다.
** 만 서른 생일에는 밥 한 끼 제대로 못 챙겨 먹고 이 책을 만들고 있었다. 밤 아홉 시가 훌쩍 넘은 시간에 윤경이와 동윤이가 김천에 데려가줘서 파티를 하긴 했다. 참치김밥, 라면, 라볶이, 만두를 몽땅 시킨 분식 파티. *^^*

이소라를 좋아하시나요?

1.

어려서부터 친구가 없었으므로!!! 중학교 때부터 라디오와 가깝게 지냈다. 생각해보면 성향상, 너무 당연했다. 유학 후 한국으로 돌아와 정신 못 차릴 때도 버스에서 소라 언니 라디오*를 우연히 듣곤 정말 닭똥 같은 눈물을 흘렸다. 내 세상은 위아래가 뒤집혔는데 단 한 사람만큼은 내가 떠날 때와 다름없이 그때 그 자리를 지켜줬다는 사실이 너무 고마웠다.

그날 밤, 라디오 게시판에, 사연이라긴 좀 그렇고, "감사합니다." 하고 편지를 써서 올렸는데 이틀 뒤에 언니가 "^^"라고 댓글을 달아줬다.

2.

음반 모으는 게 취미였던 삼촌**과 이모 덕분에 가요를 다양하게, 많이 듣고 자랐다. 초등학교 고학년 때는 이현우를 좋아했다(잘생겨서). 중학생 땐 조규찬, 고등학생 때부턴 윤종신. 신용은 지금도 가장 좋아하는

---

* MBC FM4U, 이소라의 오후의 발견(2005~2009).
** 그 삼촌이 순댓국밥과 보사노바, 재즈도 알려줬다.

싱어송라이터다. 특히 작사가 윤종신은 내 마음 속 원 앤 온리 러브인데, 그의 가사는 고등학생 때부터 지금까지 나에게 정서적 토양이 되어 주었다. 고딩 땐 틈틈이 인디밴드와 언더그라운드 힙합도 찾아 들었다. 여전히 다양한 국가, 다양한 장르의 음악을 들으려고 노력한다.

3.

내가 좋아했던 가수들의 특징이라면 라디오에서 매일 만날 수 있는 사람들이라는 것이다. 사연도 종종 썼는데 FM4U랑 합이 잘 맞는지 DJ 콘서트도 자주 가고 전화 인터뷰나 방송 체험 등도 했다. 신웅이 진행하던 두데***에 문자도 종종 보냈었는데, 사연은 타블로 결혼 전 꿈꾸라****에서 제일 자주 뽑혔다. 소라 언니는 라디오 방청 갔다 처음 실제로 봤는데, 심장이 멎는 줄 알았다. 언니한테 싸인받다가 울 뻔함.

4.

소라 언니(음악) 때문에 운 일이야 뭐, 비일비재했으니까, 조건반사 같은 거였나 봐.

*** MBC FM4U. 윤종신의 두 시의 데이트(2003~2008).
**** MBC FM4U. 타블로의 꿈꾸는 라디오(2008~2009).

후암동 남산도서관

1.

지금*보다 아주 조금 작았던 시절 (그래봤자 6센티) 시험공부 한단 핑계로 가서 잘 자다 오곤 했던 남산도서관.

나에게 남산도서관을 알려준 친구는 후암동에 살았다. 자긴 엄청난 늦둥이라면서 부모님 얘기를 할 때 무척 조심스러워했고 하굣길엔 자신의 이어폰을 나눠주며 라디오를 함께 듣자고 했다. 진작 유희열의 변태성(?)과 마왕의 통찰력을 알아보고 감복했던 친구.

그 친구네 집 바로 뒤에 도서관이 있다고 했다. 시험 기간에는 거기서 공부해, 나방이도 가볼래? 해서 처음 따라갔던 게 벌써 14년 전. 당시 우리 동네 구립도서관은 대체로 어두웠다. 우선 조명이 어두침침했다(도서관인데 왜지?). 게다가 딱히 직업이 없어 보이는 중장년 남성들이 이른 아침부터 늦은 밤까지 열람실을 독차지하고 있었다. 집에서 가장 가까운 도서관이자 동네에서 가장 큰 도서관이었지만 시험기간에도 발길이 좀처럼 닿지 않았다. 반면 남산도서관은 넓고 밝았다. 층고가 높고

---

* 지금은 좀 큰 날엔 174, 좀 작은 날엔 171.

탁 트여 있어 채광이 잘 되는 공간이었다. 마당에는 후암동이, 뒤뜰에는 남산이 펼쳐진 낡은 도서관을 보고 첫눈에 반했다.

　친구는 그 도서관에서 나에게 노댄스 앨범과 라면 자판기**의 존재를 알려주었다. 열여섯의 나에게 새로운 세계를 보여준 사람.

　친구는 나에게 늘 "창의적인 일이 어울린다"고 했다.

　나보다 현명했고 야무졌으며 침착하고 어른스러웠다. 스스로에게 자신 없어 마음에만 담아두었던 소망들을 소리 내어 읽어주던 친구.

　지금은 연락이 되지 않는다. 나이가 드니 친구라 부르기 어려운 친구들만 늘어간다.

2.

　친구 이름은 자임이. 까만 피부에 깡마른 어깨를 가진 자임이. 늦둥이 막내 같지 않던 자임이. 유희열을 알려준 자임이. 귀여운 플립폰을 쓰던 자임이. 나이가 많은 말티즈를 키우던 자임이. 내가 자퇴하던 날 눈시울을 붉혀준 자임이. 언제나 나를 나방이, 라고 장난스럽게 불러주던 자임이. 부디 건강히 잘 살고 있기를.

3.

　라면 자판기는 없어졌고 14년 사이에 키도 자라 (제발 그만 커…) 열람

** 　한강이나 편의점에서 볼 수 있는 라면 '끓이는' 기계가 아니라 정말 돈만 넣으면 완성된 라면을 내주는 기계였다. 천오백 원이었나? 돈을 넣고 라면을 선택하면 기계가 알아서 라면을 끓이고 그릇에 담아 퇴출구로 내준다. 남산도서관에서 처음 봤고, 그곳에서만 볼 수 있는 자판기였다. 아쉽지만 지금은 사라졌다.

실 책상은 허리가 아플 정도로 낮아졌다.

그래도 남산도서관은 여전히 좋더라.

4.

그때의 난 이 나이***에도 수험생으로 살고 있을 줄 꿈에도 몰랐겠지.

여담) 식당에서 오므돈까스를 시켜먹었는데 내 옆자리엔 공무원 시험을 준비 중인 사람들이 삼삼오오 모여 있었다. 무리 중 한 남자는 지방에서 올라와 노량진에서 지내는 중이라고 했다. 그 사람 대각선에 앉은 여자가 밥은 어디서 먹는지, 사람들은 어떤지, 학원은 언제 가는지, 주변 식당에선 뭘 파는지, 미주알고주알 캐물었다.

"고시원 식비는 하루 세 끼를 다 먹으면 20만 원 정도, 두 끼만 먹으면 16만 원 선이에요." 남자가 답했다.

그 사람 곁에 앉은 다른 여자가 "학원 주변 분식점에 가면 된장찌개는 삼천 원"이라고 거들었다. 다시 남자는 고시원 밥만 먹으면 질려서 밖에서 사먹는 게 메뉴도 많고 훨씬 싸다고 덧붙였다. 말 꼬리를 점점 흐리며 괜히 머쓱해했다. 그가 무안해하는데도 노량진 생활을 꼬치꼬치 캐묻던 그 여자는 고시생 생활은 자신의 세계엔 없는 이야기라는 듯 아랑곳하지 않고 어머, 나는 노량진 너무 궁금하더라, 하고 해맑게 웃었다. 악의는 없었겠지만 얄미울 정도로 속없어 보였다.

지금 생각해보니 나도 그런 적이 있었던 것도 같고.

*** 그리고 이날도 좀 잤다.

어른이 되려다 보니

현명한 사람이 된다는 게 정확히 어떤 사람이 되는 건지는 몰라도 무엇이 '현명하지 않은 행동'인지는 알고 있다.
그걸 지워나가면 되겠지.

─

때론, 기쁨은 나누면 반이 되고,
슬픔은 나누면 배가 된다.

─

아무런 위로가 되지 않는 위로를 듣고 고마워해야 한다는 건 힘든 마음 자체보다 더 소모적이다.

요청한 적도 없는 배려와 선의를 베풀고 나서
넌 왜 제대로 보답을 하지 않느냐고 호통치는 사람들.

–

해맑고 순수한 사람들은
때로 그 선의로 타인에게 상처를 준다.

–

왜, 보통 내가 누구한테 상처를 줬을 땐 나도 모르게 그러는 경우가 많잖아. 물론 작심하고 할퀴고 싶을 때도 있지만 나는 사람들이 언제나 타인을 찢어발길 준비를 하고 산다고 생각하지 않거든?

그렇다고 해도 내가 부지불식간에 타인에게 상처를 입힌 게 무죄가 되진 않아. 상처를 받은 사람이 과민한 게 아니라, 거기까지 미처 배려하지 못한 내가 무심했던 거라고 생각하는 게 현대 지성인의 자세 아닐까?

그러니까 모르는 건 죄야.
늘 죄인의 마음으로 살아.

–

감사는 내게 넘치는 걸 주는 게 아니라
상대가 필요로 하는 걸 주는 것.
위로는 내가 하고 싶은 말을 하는 게 아니라
상대가 듣고 싶어 하는 말을 해주는 것.

–

사람들은 지킬 수 없는 약속을 하지 않는 것과 아무런 약속을 하지 않는 것의 차이를 잘 모르는 것 같다.
'지킬 수 없는 약속은 하지 않는다'는 것은 책임감이고
'그러니 난 아무 약속도 하지 않겠다'는 무책임함이다.

어디 말 같지도 않은 소릴 하고 있어.

–

사람과 사람은 비밀을 공유하기 시작하면 친밀감이 높아진다.
그래서 억지로 솔직한 척했던 적도 많다.
아직 난 마음의 준비가 되지 않았는데 저 사람이 궁금해하는 내 비밀을 지금 당장 털어놓지 않으면 그 사람이 내게 흥미를 잃을 것 같았다.
그 사람을 놓칠 것만 같았다.

지금은 내가 뭘 어쩌든 남을 사람은 남는다는 걸 안다.

유치원에 다니기도 전부터 교회에 다녔고, 중학교 2학년 때 무교로 개종했다.* 교회를 다닐 땐 그래도 교회 대표로 성경대회도 나갈 만큼 한 독실했는데, 내가 교회에서 배운 내용 중 가장 이해하기 힘들었던 부분은 하느님이 아브라함에게 그의 아들 이삭을 제물로 바치라고 요구했던 대목이었다.

그 장면을 떠올리면 유일하며 전지전능하다는 존재조차 자신에 대한 믿음을 시험하는구나, 싶다.

하물며 인간은.

---

* 내가 다닌 유치원은 천주교 재단에서 운영하는 곳이었다. 초등학교는 기독교 재단, 고등학교는 미션 스쿨, 대학은 불교 재단. 농담 삼아 이제 이슬람교만 공부하면 웬만한 종교를 통달할 수 있을 것 같다고 하지만 실제로도 문학적 차원에서의 경전이나 신념의 체계 및 사회 조직으로써의 종교에 관심이 많다.

언제든 울 준비가 된

1.

아픈 사람을 곁에 두고 본다는 것은 그 자체로도 충분히 고된 일이다.

2.

미국 유학 당시, 난생처음 보는 이모할머니 댁에서 지냈다. 외할머니의 막내 여동생이라는데, 40년도 전에 미국에 이민 오셨고, 그 이후론 단 한 번도 한국 땅을 밟아본 적 없다고 했다.* 이모할머니는 오씨 집안의 드센 팔자**까지 한국에 두고 오진 못하셨는지 20년 전에 이혼하고 아들 셋을 혼자 키웠다. 나보다 다섯 살 많은 큰 삼촌, 세 살 터울의 작은 삼촌, 그리고 나보다 두 살 어린 막내 삼촌.

---

* 나중에 알고 보니 거짓말이었다. 이 할머니의 비자 사기극으로 인해 온갖 고난과 역경 끝에 이루어낸 대학 진학의 꿈도 물거품이 되고, 나는 졸지에 고졸 불법체류자 신세가 됐다. 그 얘기는 대하드라마감이니 나중에 적기로 한다.

** '오씨' 남매로 이루어진 나의 외가 측 증조모 라인에는 약 일곱 분의 할머니와 대여섯 분의 할아버지가 있다. 그중 할머님들은 모두 젊은 나이에 사별했거나 이혼하셨다. 나는 "딸은 엄마 팔자 닮는다"는 말을 가장 무서워한다.

그중 작은 삼촌은 다운증후군 환자***였다. 그리고 내가 미국에 있는 동안 C형 간염과 간경화 진단까지 받았다. 어려서 심장 수술을 받았는데, 그때 수혈받은 혈액이 C형 간염 바이러스에 감염된 상태였다고 한다. 당시엔 발견되지 않은 병이었고 스무 해가 넘어서야 바이러스가 잠복기에서 깨어난 것이다.

나는 일하러 간 할머니를 대신해 보호자 역할을 맡았다. 매일 주사를 놔주고, 약을 챙기고, 녹즙을 갈아주고, 게임을 하던 삼촌이 신경질을 내며 컨트롤러를 집어던지면 조용히 일어나 거실 반대편까지 날아간 게임기를 다시 집어다주었다. 미국에 오기 전엔 존재하는지도 몰랐던 생면부지 삼촌과 싸워야 하는 사람도 나, 그러다 돌아서면 잊고 또 웃어줘야 하는 사람도 나.

당시엔 나도 어렸고, 만난 지 몇 달밖에 안 된 삼촌의 짜증을 받아주고 보살피려니 당연히 혈압이 올랐다. 하지만 속으로 삭혔다. 실제 병을 앓고 있는 사람의 고통을 내가 감히 짐작이나 할 수 있겠는가? 그냥 '아픈 사람이야, 아파서 저러는 거야.' 하는 수밖에.

내 평생소원이 있다면 쟤보다 내가 딱 하루만 더 사는 거야, 라던 할머니 곁에서 나는 늘 시선을 떨구고 서 있었다.

아픈 가족이 있다는 것만으로도 우리는 모두 다 언제든 울 준비가 되

*** 삼촌이 다운증후군 환자라는 말을 들었을 땐 잔뜩 겁을 먹었다. 장애인이 무섭다는 게 아니라 장애가 있는 사람과 지내본 적이 없어서 혹시라도 실수할까 봐 긴장됐다. 삼촌은 7~9세의 지적능력을 가지고 있었지만 학교도 잘 다니고, 의사소통도 비교적 정확하게 할 줄 알았다. 막상 함께 지내보니 말이 조금 서툰 초등학교 2학년 사촌 동생처럼 느껴졌다. 삼촌에 관해 마음에 가장 오래도록 맺혀 있는 기억은 삼촌의 장애나 병이 아니라 삼촌이 자신의 삶을 묘사하던 방식이다. 삼촌의 기억은 과거 한 시점에 멈춰 있었다. 특정 시점은 아니고 모든 과거가 털실뭉치처럼 한데 뭉뚱그려져 있는 느낌. 그래서 삼촌은 자신이 일생 동안 겪어온 모든 것들을 바로 얼마 전에 일어난 일로 기억하고 있었다. 그래서 늘 '어제'에 살던 삼촌.

어 있었다.

모두 자신의 무능력함에 무기력해졌다.

3.

전전전전전(…) 남자친구와 사귄 지 얼마 안 되었을 때, 남자친구의
어머니가 항암치료 도중 쓰러지셨다. 그리고 얼마 뒤 아버지도 췌장암
으로 쓰러지셨다. 가장 처음 들었던 생각은 세상이 어떻게 한 사람에게
이렇게 잔인할 수가 있을까, 였다. 하지만 제대로 된 위로의 말을 해줄
수가 없었다. 찾을 수가 없었다. 그저 '머리 좋다 혼자 으스대지 말고 그
럼 그 머리로 의대를 가지 그랬니, 이 한심한 기집애야. 그럼 좀 도움이
됐을까?' 하고 자책할 뿐. 그 사람을 위해서라도 나는 절대 아프지 말
자, 그랬었다.

헤어지던 순간****에도 나는 아무 말을 하지 못했다. 그때나 지금이나
그 사람의 얘기가 사실이었는지 아닌지는 중요하지 않다. 부모님의 암
투병 이야기가 전부 거짓말이었다면 천만다행인 거고, 만약 사실이었다
면 나는 정말 아무 도움도 되지 않았을 거다.

그때 느낀 나의 무능감은 변하지 않는다.

4.

열두 살인가, 열세 살쯤이던가? 난생처음 키운 강아지가 아팠을 때,
너무 놀라 눈물 콧물 범벅이 된 얼굴로 강아지를 안고 병원까지 뛰어갔

**** 사진 한 장으로 헤어짐을 당했다고 하는 게 정확한 표현이겠다. 부모님 간병으로 정신
이 없다고 내 연락을 피하던 어느 날, 그는 자신의 카톡 프사를 바꿔 달았다. 민트색으로 머리
를 탈색한 그의 곁엔 똑같이 치약색으로 탈색한 오징어 같은 여자애가 있었다. 민트색 머리를
다정하게 맞대고 찍은 사진이었다. 개새끼.

다. 혹시 내 잘못으로 아픈 걸까 봐 뛰는 내내 잘못했다고, 미안하다고, 안 된다고, 정말 서럽게 울었다.

어떤 종류의 사랑이든 그 사랑의 대상이 누구든, 사랑하는 사람이 아파하는 모습을 지켜보고 있노라면 무엇보다 자신의 무능력함에 가장 크게 절망한다.

그런데 그 사랑이 다른 사랑에 아파하는 것을 지켜봐야만 하는 이의 마음은 오죽하겠는가.

꼬맹이

어려서부터 강아지를 많이 좋아했다. 길을 가다가도 강아지만 보면 주저앉아 악수를 청하고 강아지가 있는 가게는 무조건 들어가 뭐라도 사 먹고 한참 구경하다 나왔다.

몇 해 전 여름, 스피츠 한 마리가 우리 집 식구가 되었다. 새하얀 게 꼭 솜뭉치* 같았던 강아지. 태어난 지 갓 3주를 넘긴 꼬맹이는 하루 스무 시간씩 잠만 잤지만 그게 그렇게 사랑스러울 수가 없었다. 하지만 꼬맹이가 어엿한 개린이가 되는 동안 나는 회사 때문에, 학교 때문에, 추워서, 피곤해서, 꼬맹이 산책도 제대로 못 시켜줬다. 내 무심함 속에서도 꼬맹이는 무럭무럭 자랐고 힘도 세졌다. 꼬맹이의 의사 표현 능력은 날이 갈수록 강해지는데 집엔 그걸 받아줄 사람이 없었다. 강아지들의 산책욕은 인간의 성욕과 맞먹는다는데, 나는 그렇게 예쁜 아이를 방에 묶어두곤 주인 행세만 했다. 밥을 챙겨주거나 배변 훈련을 하거나 목욕을 시켜주는 것 외엔 뭐 하나 제대로 "예뻐해"준 적이 없었다.

---

* 그래서 뭉치라고 이름을 지었더니 이름 따라간다고 너무 사고뭉치 짓만 해서 꼬맹이라고 개명해줬다.

그리고 이듬해 봄, 결국 우리는 꼬맹이를 넓은 마당이 있는 집에 보내주기로 했다. 꼬맹이를 보내고 몇 날 며칠을 울었는지 모른다. 이별이 서러워서가 아니라 못 해준 것만 자꾸 생각나서, 정말 눈도 못 마주치게 미안하고, 강아지 한 마리도 제대로 보살펴주지 못한 내가 너무 형편없는 인간 같아서.

꼬맹이가 떠나기 전날, 마지막이 될 긴 산책을 나섰다. 벚꽃잎이 흩날리던 공원을 돌다 말고 나는 꼬맹이와 바닥에 마주 앉았다. "꼬맹아, 누나가 많이 미안해. 가서 잘 지내야 해? 그래도 나 잊으면 안 돼?" 아무 대꾸도 없는 꼬맹이를 끌어안고 질질 짜며 봄밤 이별 인사를 나누었다.

그 뒤론 어떤 강아지도 예뻐해주기 힘들다. 선뜻 쓰다듬지도 못한다. 사람을 보고 좋다고 꼬리를 흔들거나 앞발을 들며 흥분하는 아이들을 보면 꼬맹이가 생각났다. 현관문이 열리기만 해도 신경이 곤두서던 꼬맹이의 모습이 떠올랐고 나는 대상에 대한 아무런 준비 없이 함부로 사랑해대는, 사랑할 자격도 없는 인간임이 상기되었다.

웨인이

"웨인"은 우리 동네 길냥이의 이름. 정확하게 말하면 우리 동네 구멍
가게에서 먹고 자는 고양이에게 내가 붙여준 이름이고 나만 부르는 이
름이다. 아직까지 불러줄 만한 호칭이 없던 시절, 인스타에 웨인이 사진
을 올렸더니 친구가 "배트맨을 닮았다"고 댓글을 남겼다. 그래서 브루
스 웨인이다. 그리고 웨인이랑 내가 엉덩이를 비빌 만큼 살가운 사이는
아니라 이름인 브루스 대신 성인 '웨인'이라고 부른다.

해가 떠 있는 시간 동안 웨인이는 구멍가게 2층으로 올라가는 철 계
단 그늘막에 누워 있었다. 내가 "웨인아" 하고 부르면 반쯤 감은 눈을
해가지고는 잘 달궈진 프라이팬 위 인절미처럼 온몸을 늘인 채로 (약간
요, 와럽, 하는 느낌) 고개만 까딱거렸다. 낮엔 주로 잠을 자는 웨인이가
대낮에 활동하는 걸 딱 한 번 봤는데, 동네 식당 오토바이가 그릇을 회
수하러 올 때였다. 언덕을 오르는 오토바이 엔진 소리가 가까워지자 웨
인이는 앞다리를 길게 뻗어 스트레칭을 하더니 가뿐하게 일어나 구멍가
게 앞 골목길을 가로질렀다. 오토바이가 마침내 구멍가게 맞은편 건물
에서 멈춰 서자 웨인이는 오토바이 뒷바퀴 아래에 자리를 잡았다. 오토
바이에서 내린 아저씨가 그릇을 수거해서 나올 때까지 웨인이는 점잖게

제자리를 지키고 있었다. 아저씨는 아주 당연한 절차라는 듯, 무심한 듯 시크하게, 반찬 그릇 하나를 웨인이 앞에 내려주셨고 웨인이는 조용히 그릇을 핥았다.

오.
속으로 조용히 감탄했다.
영리하고 기특했던 웨인이.

집으로 올라가는 길, 돌아보면 웨인이가 있었다. 구멍가게 철 계단 밑, 구멍가게 사장님이 만들어주신 스티로폼 집 안, 웨인이는 늘 정해진 곳에 머물렀다. 내가 멀찌감치 쭈그려 앉아 자신을 구경하고 있으면 고개를 길게 내밀고 나를 올려다봤다. 그랬던 웨인이가 일주일째 보이지 않는다. 자꾸 다른 길냥이들이 와서 웨인이 밥을 먹는다. 걱정보다 상실 감이 앞선다. 나쁜 생각부터 든다. 사람에겐 매정하면서 동물에게 덮어 놓고 정 주는 내가 너무 싫어지는데, 어디서 뭘 하고 있는 걸까. 우리 웨인이.

웨인이를 마지막으로 본 날, 해가 길기에 필름 카메라를 가지고 나와 웨인이 사진을 대여섯 장 찍었다. 어쩐지 웨인이 사진을 잔뜩 뽑아서 웨인이의 스티로폼 집 앞에 주렁주렁 걸어주고 싶다는 생각이었다.

웨인이는 더 이상 그 계단으로 오지 않는다. 안 보인다는 사실을 인지한 날, 본능적으로 느꼈다. 그리고 바로 단념했다. 돌아오지도 않을 고양이를 기다리고 싶지 않아 일부러 최악의 시나리오를—로드킬당했을 거라는—머릿속으로 되뇌고 또 되뇌었다. 멍청아, 뭐 어떡할 건데. 구멍가게를 지날 때면 눈물이 날 것 같아서 억지로 고개를 돌리거나 멀리 마실 나갔을지도 모른다고 거짓 위로도 해보지만 웨인이는 더 이상 그 계단으로 오지 않는다.

손 내밀어 웨인이의 머리를 쓰다듬기까지 8개월이 걸렸다. 8개월. 그동안 나는 나른한 오후, 일광욕을 즐기는 웨인이를 멀리서 지켜보거나, 곁에 쪼그려 앉아 지나가는 사람들을 함께 구경했다. 시간이 나면 어쩌다 한번씩, 국물용 멸치를 삶아 가져다주었다.

웨인이와 나 사이의 거리를 몇 미터에서 몇 센티미터로 좁히는 8개월 동안 딱 두 번, 웨인이 머리를 쓰다듬어볼 수 있었다. 언제나 웨인이가 내주는 거리만큼만 다가가야 한다고 생각했다. 그래서 함부로 손도 뻗지 않았다. 내가 조금씩 다가가는 동안 웨인이는 내 눈길을, 체온을, 손길을 말없이 받아줬다.

"빈자리는 다른 사람이 채워줄 거예요, 나연 씨."

나는 8개월에 걸쳐 웨인이가 딱 들어찰 만큼의 공간을 만들었다. 웨인이 역시 8개월에 걸쳐 내 곁을 파고들며 자신의 능선으로 홈을 남겼다. 그 공간을 오롯이 채울 수 있는 건 웨인이 밖에 없다. 웨인이가 너무너무 보고 싶다.

어느 누구의 고양이도 아니었지만 우리 골목의 고양이었던, 나의 눈물지뢰, 2017년 내가 가장 사랑했던 생명체 웨인이.

NYC

맨해튼에서도 안 먹었던 쉑쉑버거를 한국으로 돌아오던 날 JFK 공항에서 먹었다. 유명하다면 절대 안 가고, 안 보고, 안 먹고 싶은 청개구리라 일부러 관심 끄고 있었는데 공항에선 별 선택권이 없었다. 머쉬룸 버거에 루트비어 플로트를 곁들일까 잠시 고민하다 유학 시절 루트비어를 처음 맛본 때가 생각나서 관뒀다. 내 생애 첫 루트비어에서는 파스맛이 났다.

사실 공항에서 먹은 햄버거가 무슨 맛이었는지 잘 기억도 안 난다. 주말 드라마 주인공처럼 공항으로 가던 길에 엄마가 쓰러졌다는 문자를 받았고 그 이후로는 진짜 씨발 내 인생, 이런 상태였으니까.

3년간 고대하던 퇴사 후, 기념으로 뉴욕에 갔다. 8년 만에 밟아보는 미국 땅이었다. 하지만 마지막까지 시차에 적응하지 못했고 귀국하던 날 역시 새벽 댓바람에 일어났다. 결국 2주 내내 새벽형 인간으로 생활하다 공항 리무진에 올랐다. 리무진 창에는 대문짝만 하게 'Free WiFi'라고 적혀 있었다. '인터넷 인심 박하더니 떠날 땐 공짜 WiFi라니!' 하고 신나서 핸드폰을 켰더니 동생에게 카톡이 와 있었다.

"엄마 쓰러졌대."

동생의 메시지는 두서없었지만 그래도 내 핸드폰이 꺼져 있던 내내 "나 알바 끝나고 택시 탔어. 엄마 한대병원에 있대. 병실이 없나 봐. 뇌출혈이래. 수술해야 될 거 같아." 등등 엄마의 상태를 그때그때 업데이트 해주었다. 동생은 카톡 말미에 언니 언제 돌아오냐고 물었다.

가능하다면 버스를 돌려 맨해튼으로 돌아가고 싶었다. 리무진 버스의 문이 열리면 지옥행 비행기에 몸을 실어야 했다. 아니, 나는 이미 지옥행 급행버스에 올라탄 악인이었다. 하지만 안타깝게도 버스는 예정된 시간에 맞춰 날 공항까지 안전하게 데려다주었다. 대기 시간을 최소화하는 스케줄로 리무진을 예약해뒀지만 막상 공항에 도착하니 이륙까지 남은 시간이 억겁처럼 느껴졌다. 덜덜 떨리는 오른손으로 덜덜 떨리는 왼손을 주무르며 최대한 침착하게 출국 수속을 밟고 (표정이 안 좋으면 심사가 길어질까 봐 최대한 '여행이 끝나 아쉽지만 집에 돌아가게 되어 기쁜' 미소를 지었다) 게이트로 향했다. 그리고 속으로 계속 되뇌었다. '일단 뭘 먹자. 어차피 돌아가야 한다. 악몽은 깨면 그만이지만 이건 그보다 더 끔찍한 현실이다. 다시 내리막길이다. 온전한 정신으로 돌아가야 한다. 살아야 한다.'

그때 생각난 게 입국하던 날 JFK 공항에서 보았던 유명 햄버거 체인점. 게이트 앞에 짐을 팽개쳐두고 햄버거집을 찾아 나섰다. 5분쯤 걷다보니 카운터 앞이 휑한 쉑쉑버거가 보였다. 우선 셰이크랑 머쉬룸 버거를 시켰다. 멀리 갈 힘도 없어 픽업대 근처에 멍하니 앉아 있었다. 내 주문 번호를 호출하는 소리가 들렸고 몽유병 환자처럼 풀린 눈으로 햄버거를 받으러 갔다. 점원이 내 머쉬룸 버거라며 햄버거 트레이를 내밀었을 때 나는 음식이 잘못 나온 줄 알았다. 다른 햄버거 가게에서 파는 머쉬룸 버거처럼 소고기 패티 위에 양송이와 크림소스를 끼얹은 버거를 기대하고 있었는데 내 햄버거 번 사이에는 튀긴 지 한참 돼 눅눅하고 딱딱하게 마른 버섯 튀김 패티가 끼워져 있었다. 헛웃음이 나왔다. 별 수 있나. 컨디먼트 바에서 스리라차 소스를 쳐발쳐발한 다음 아무 생각 없이 우걱거렸다. 부러 머리를 비우고 최대한 저작 운동에 집중했다.

햄버거를 해치운 뒤에도 여전히 꿈길을 걷는 기분이었다. 뭘 먹은 건지 머릿속에서 정리가 덜 된 채로 대기실에 돌아왔다. 넋이 나간 내 옆으로 중매를 제안하는 아주머니*가 자리를 잡았고, 아주머니의 말에 아무 말로 응대하다 비행기에 올랐다. 그리고 비행기 문이 닫히자마자 수면 유도제를 먹었다. 장거리 비행을 유난히 힘들어하는 내 얘길 들은 게스트 하우스 언니가 건네준 약이었다. 하지만 수면 유도제도 소용이 없었다. 도무지 잠이 오지 않았다. 그 후 열여섯 시간을 어떻게 버텼는지 모르겠다.

확실히 기억나는 것 하나. 비행기에서 엄마의 장례식을 준비했다. 정확하게는 장례식을 치러야 할지도 모르는 상황에 대해 생각했다. 엄마는 내가 태평양 상공 어드메를 날고 있을 동안 수술실에 들어갈 거라고 했다. 동생도 얼마나 심각한지는 모른다고 했다. 나는 최악을 준비해야 했다. 장례식은 어떻게 준비하나, 엄마 상조 들어놓은 거 없겠지, 엄마 보험은 있나, 상조가 이럴 때 필요한 거구나. 씨발, 헛웃음이 다 나네.

---

* 같은 비행기를 기다리던 아주머님이었는데, 갑자기 곁에 와서 비행기 번호, 이륙 시간 같은 걸로 아이스브레이킹을 시도하시더니 뜬금없이 당신 막내아들 이야기로 대화 주제를 바꾸셨다. 예를 들면, 나는 서울에 있는 우리 둘째 보러 가는데, 아가씨는 종교가 뭐야? 이런 식. 결론적으로는 우리 둘째랑 중매 어때? 라는 질문이 나왔고, 손사래 치며 거절하는 내게 당신이 부르셨다는 CCM CD를 쥐어주고 떠나셨다.

그때 보니까 단체 부고문자 같은 거 보내주던데, 그거 내가 하면 되나, 그때 그 문자 안 지웠겠지? 근데 우리 집 빚은 다 갚은 건가? 숨겨놓은 빚이 더 있는 건 아니겠지? 아 진짜 그럼 어떡하지, 상속 포기하면 되는 거던가? 법사 시간에 잘 좀 들어놓을 걸, 동생이 좀 알려나? 그럼 나 학교는 어떡하지? 장례비 엄청 든다던데, 일 년치 학비였는데, 다시 일자리 알아봐야 하나? 하아, 왜, 왜 지금이야, 왜, 왜 지금 나한테 이러는 거야, 도대체 언제까지 나한테 이럴 거야.

나 이제 겨우 스물아홉인데. 이제 막 피어날 나이인데. 이 일로 내 앞날이 도대체 얼마나 더 꼬일까. 물론 누구의 잘못도 아니었다. 우리는 물이 턱 끝까지 차오른 삶 속에서 겨우 숨만 쉬고 있었고 누군가 변기물 내리듯 플러쉬 버튼을 누른 것뿐이다. 그게 신이어도 인생이어도 상관없다. 변기물은 소용돌이를 만들기 시작했고 우리는 딸려 내려가면 그만인 일이었다. 그래서 더 화가 났다. 늘 이런 식이었다. 다들 최선을 다해 잘 살아보려고 했을 뿐인데 번번이 급류에 휩쓸려 바닥에 패대기쳐졌다. 억울해도 원망할 대상이 없었다. 그건 엄마도, 아빠도, 동생도, 모두 마찬가지였겠지. 하지만 엄마를 살아서 만날 수 없을지도 모르는 상황에서도 나는 내 걱정뿐이었다. 본능적으로 보호 기제가 작동한 걸 테지만 정말 놀랍도록 이기적인 내 자신에게 넌더리가 쳐졌다. 그리고 무엇보다 죽고 싶을 만큼 내 인생이 지긋지긋했다. 하지만 그렇다고 그만 살 수도 없는 노릇이고, 동생은 졸업까지 한참이나 남았고, 그럼 나는 집세랑… 잠깐이라도 감상에 젖을라치면 현실은 찬물을 끼얹었다. 계산기를 두들기지 않을 수 없었다. 이럴 바엔 차라리 비행기가 폭파되어서 서울에 돌아가지 않았으면 좋겠다고 기도를 하려다가도, 그래, 같이 탄 승객들은 무슨 죄니, 나만 죽어야 되는 건데, 하고 포기했다. 대신 딱 한 번만, 이 비행기에서, 실컷 원망하자. 정말 엄마가 너무 싫다고, 왜 평생의 짐이냐고, 원망하고 욕하고, 하늘에 다 버리고 내리자. 그런 마음으로 왔다.

그것만 기억난다.

엄마가 쓰러지신 지 2년이 됐다. 하지만 역경을 이겨낸 드라마 주인공들과 달리 나는 그날 이후 대단히 성숙해지지도, 더 다정다감한 딸이 되지도 않았다. 끊임없이 찾아오는 고난의 순간마다 새롭게 드러나는 내 이기심과 위선에 매번 놀란다. 항상 내적 이데올로기 충돌로 괴롭다 (최근엔 난 내가 소시오패스가 아닌지 의심했다). 하지만 나는 이만큼 산 내가 무척 기특하고 자랑스럽고 그래. 아무도 알아주지 않지만 나는 내가 알아. 그래, 그거면 됐어.

얼마 전 동대문에도 그 햄버거 체인이 문을 열었다. 집 근처라 생각난 김에 한번 들렀다. 쉑쉑은 이런 맛이었구나. 그래, 됐다.

누구의 이모도 아닌 이모

1.

엄마가 뇌출혈로 쓰러지고 나서 배운 게 많았다. 가장 처음 배운 건 우리 엄마 성격은 우리만 감당하기 힘든 게 아니란 점이었다.

뇌 질환 환자들은 스물네 시간 간병인이 필요하다기에 첫 일주일은 동생과 내가 순번을 바꿔가며 간병 침대를 지켰는데, 엄만 꼭 일곱 살배 기처럼 생떼를 썼다. 담당 의사는 뇌를 다치면 뇌가 붓고, 그 때문에 성격이나 감정조절을 담당하는 부위도 일시적으로 제 기능을 하지 못한다고 했다. 결국, 전문 간병인의 손을 빌리기로 했다. 어찌 됐든 우리보단 낫겠지.

간호사실에 간병인이 필요하다고 했더니 명함 두 장을 건네줬다. 그리고 바로 다음 날 간병인 아주머니 한 분이 오셨다. 안심하며 집에 돌아갔더니 몇 시간도 안 돼 전화가 왔다. 본인은 어려울 것 같다고. 환자분이 자꾸 침대에서 내려오시겠다 우기시니 어느 정도 거동이 가능한 분인가 했는데, 이렇게 몸도 못 가누시면서 자꾸 움직이려 하시고, 고집도 여간 센 게 아니라고. 가볍기나 하면 또 모를까. 알겠으니 대타를 구해놓고 가달라고 했더니 본인 말고 시간이 맞는 사람은 또 없다며 다른 소개업체에 직접 전화해보라셨다. 아쉬운 건 우리였다. 당장 알바를 가야 하고 학교에 가야 하는 나와 동생은 간병인 없이 일상생활이 불가했다. 갓난아기를 키우는 대리님, 과장님들이 '보모 이모님'들 전화만 오면 절절매던 모습이 떠올랐다. 왜 그분들이 명절이면 꼬박꼬박 '이모님' 선물을 챙기셨는지 이해되는 순간이었다.

그렇게 이틀 동안 간병인을 세 번 바꿨다. 간병비도 만오천 원 올랐다. 엄마는 무게가 제법 나가는 편인데 거동이 거의 불가한 상태인 것, 그리고 곧 죽어도 병실 밖 화장실에서 볼일을 보겠다고 고집부리는 뇌출혈 환자라는 게 이유였다.

나중에 엄마는 이 나이에 이 정도 몸무게도 안 나가는 아줌마가 어디 있느냐, 무게 상관없이 요령껏 환자를 도울 줄 알아야 전문 간병인이지, 하고 역정을 냈는데 엄마의 고집과 감정기복을 받아낼 자신이 없어 일면식 없는 조선족 '이모님'을 간병인 침대에 앉혀놓고 나온 나로서는 맞장구를 칠 수도 반박할 수도 없었다.

병원 간병인들은 대부분 조선족이었다. 처음엔 간병인 아주머니들이 병원 복도를 오며 가며 오랜 친구처럼 반갑게 인사하시고 서로 간식도 챙겨주시기에 동향분들인가 했다.

그건 아니었다. 어차피 병원에서는 보호자들에게 지정된 간병인 소개업체만 알려준다. 그래서 간병인 아주머니들은 정해진 몇 개의 병원을 돌고 돌았다. 그 탓에 다들 구면이었던 것이다.

간병인이 있다 해도 엄마를 오롯이 낯선 사람에게만 맡겨둘 수는 없는지라 우리도 매일 서너 시간씩은 엄마에게 들렀다. 나는 편의상 간병인 아주머니를 '이모'라고 불렀다. 이모님은 "내가 있는데 뭐하러 왔소?" 하며 손사래를 치고 어린 나이에 간병한다고 고생이 많겠다며 안쓰러워하셨다.

이모님은 일주일에 한 번, 토요일 저녁에만 댁에 가셨다. 자녀들은 출가외인이거나 중국에 있어서 지금은 혼자 사신댔다. 토요일에 댁으로 가시고 일요일 오후에 병원으로 돌아오셨는데, 그때마다 김치 담글 때나 쓸 법한 대형 밀폐 용기에 서너 가지 반찬을 싸 오셨다. 반찬 통이 뭐 이래 커요, 하면 일주일 치니까 그렇잖소, 하고 웃으셨다.

소독약 냄새와 환자들 신음소리의 틈바구니에서 식사를 해결하셔야 하는 이모님이 신경쓰였다. 물론 나나 동생 꼬락서니가 더 심각했기 때문에 반찬을 싸 드린다든가 하진 못했다. 괜한 오지랖. 하여간 애매한 게 젤 나쁘다.

2.

엄마가 잠든 시간에는 옌볜 출신 이모의 인생 얘기를 듣는 게 소소한 낙이었다.

이모, 그럼 이모님 자제분들은 중국어랑 한국어 다 하세요?

아이, 한족어는 거의 못 해요. 우리 아들이 한족 사람들이 마이 다니는 학교를 다녀서 어려선 좀 하더니, 지금은 또 아예 모하고.

음, 그렇구나. 이모님, 이거 찹쌀 도너츤데, 드세요.

아이. 일 없소.

3.

집 앞에 새로 생긴 베트남 쌀국숫집에서도 조선족인 듯한 여자를 봤다. 회사 사람들과 점심을 먹는 것 같았는데, 식사 내내 그 여자의 고향에서는 핸드폰을 어떻게 사는지, 인터넷은 되는지가 화제의 중심이었다.

조선족을 보면 북쪽의 향취 같은 게 느껴질 줄 알았다. 생각해보니 북에서 온 사람을 본 적도 없으면서 북의 향취가 무엇인지 알 리가 없지.

밥 먹는 동안 남의 대화를 엿듣는 꼴이 됐다. 왜 늘 남의 인생이 이렇게나 궁금하단 말인가!

4.

오랜만에 윤석이를 만나 서로의 안부를 업데이트했다. 윤석이 집 근처에 삼겹살 맛있는 곳이 있다기에 그리로 갔는데 낯익은 억양을 쓰는 아주머니가 주문을 받으셨다. 우리 테이블에 삼겹살을 내려놓고 분주하게 돌아서는 아주머니를 보고 윤석이는 조선족을 구분하는 법을 아느냐고 물었다.

뭔데?

잠시마요. 니은 받침이 소리가 안 나. 잠시마요.

의릉

1.

늦여름이었던 것 같다. 출근길에 반가운 사람에게 문자가 왔다. 대학생 때 영화제 자원활동을 하다 친해진 감독이었다.

대학 내내 방학이면 어김없이 영화제 자원 활동가나 스태프로 일했다. 그중 가장 애정을 갖고 일했던 곳은 단편영화제였다. 단편영화제는 주로 영화 전공생 혹은 영화감독 지망생들이 참여하는 행사여서 내 또래 감독들이 많았다. 영화제 당시 내가 연락을 담당했던 그녀는 소탈한데다 '감독병'을 경계하던 사람이라 늘 "우리가 무슨 감독이냐, 항상 친절하게 알려주셔서 고맙다, 감사하다"는 말을 잊지 않았다. 영화제가 끝나고는 시나리오 번역을 의뢰해 같이 작업했다. 내가 처음으로 번역료를 받고 일한 작품이었고, 그 시나리오가 해외영화제 Top 5에 들었다는 소식을 들었을 땐 수화기를 붙잡고 그녀와 함께 울었다.

오래간만에 온 연락이 반가워 바로 문자함을 열었더니 부고 문자였다. 감독님 아버님이 돌아가셨고 장례식장은 어디이며 발인은 내일이라고. 당연히 가야 하고 반드시 가야 했다. 그리고 바로 그날 가야 했다.

하필이면 얇은 흰색 셔츠에 검은색 브라, 찢어진 청바지, 샌들 차림으로 출근한 날이었다.

사무실에 들어가서 네이버에 '장례식장 의복' '장례식 옷' 따위의 검색어를 넣고 내 옷차림의 당락을 매겨봤다. 이미지 검색 결과는 죄다 계절감 없는 새까만 옷이었다. 구글까지 뒤져봤지만, 보는 사람까지 속 시원해지는 흰색 시스루 셔츠와 찢청으로 장례식장에 가는 사람은 없었다.

집에 들러 옷을 갈아입고 가야 하나? 옷을 빌릴까? 누가 나랑 사이즈 비슷하지? 그냥 그 근처 백화점에서 검은색 블라우스를 하나 살까? 아, 돈 아까운데…. 근데 바지는 어떡하지? 맨발은 안 된다고 그랬던 것 같은데, 양말도 사야 하나?

(나에게) 불행히도 장례식장은 회사에서도 집에서도 멀었다. 집에 들르려니 체력이 남아날 것 같지 않았지만 여름에 남의 옷을 빌려 입는 건 더 싫었다. 그렇다고 장례식용 블라우스*를 사는 것도 썩 내키진 않았고. 하지만 옷 때문에 장례식에 안 가는 건 용납할 수 없는 선택이었다. 결국, 퇴근 시간까지 마땅한 답을 찾지 못하고 그 차림 그대로 장례식장으로 향했다.

장례식장 출입구에 서서 다시 한번 옷차림을 확인했다. 샌들 끈 밖으로 삐져나온 나온 발가락을 가만두지 못하고 계속 꼼지락거렸다. 아무리 발끝에 힘을 줘도, 어깨를 수그려도, 세상 예의범절이라곤 모르는 천둥벌거숭이 같았다.

그녀는 내가 육개장을 다 비울 때쯤 조문객들 자리를 돌며 감사 인사를 하기 시작했다. 나는 모르는 사람과 마주 보고 앉아 있었는데 그녀가 내 맞은편에 앉은 조문객을 발견하곤 "감독님…" 하며 송아지 눈을 하

---

* 여름엔 거의 매일, 흰색 반팔 티 혹은 흰색 셔츠를 입는다. 생각난 김에 옷장을 뒤져보니 역시 내가 가진 검은색 옷은 모두 셋 중 하나다 — 속옷, 이너용 나시, 겨울용 의류.

고 다가왔다. 그 '감독님'이란 분이 자리에서 일어났다. 같이 영화를 하셨던 분이구나, 그러면서 나도 자리에서 일어섰다.

일어선 사람들 사이로 침묵이 감돌았다. 장례식장에 가면 도무지 무슨 말을 해야 할지 모르겠다. 상심이 크시겠어요, 는 그 상심의 크기를 아직 가늠조차 못 하는 내가 건네기엔 너무 빈말 같았다. 밥은 드셨어요, 는 또 너무 속없는 애 같고. 힘내세요, 는 '내가 힘들 때 듣기 싫은 말' 목록에서 3위쯤 되는 말이라 절대 하고 싶지 않았다. 다 같이 "하이고…." 하며 씁쓸하게 웃었다. 그녀는 도리어 우리에게 식사는 하셨냐고 물었다. 더 민망하고 미안해서 그냥 조용히 앉았다.

그녀는 덤덤한 얼굴로 아버님이 지병으로 오래 힘들어하셨다고 설명했다. 다들 조용히 고개를 끄덕였고 그녀는 빈소를 돌아다 봤다. 영정 사진 속 아버님은 솜털 구름이 흘러가는 가을 하늘을 등지고 조용히 웃고 계셨다.

허탈하게 웃던 그녀가 자리에 둘러앉아 있던 사람들을 보며 입을 뗐다. 하지만 그녀는 "우리 영화팀"이란 말을 뱉다 말고 이내 입술을 앙다물었다.

그녀의 코끝이 빨개져서 우리는 눈시울이 빨개졌다.

"저 사진 어디서 찍은 건 줄 알아요? 의릉이에요, 의릉. 우리 촬영했던 데. 아빠는 그때 처음 촬영장에 와보신 건데, 그때 어머니가 찍어주신 거예요."

아버님이 남기고 가신 핸드폰을 열어보니 초록색 포털 사이트의 브라우저가 줄줄이 떠 있었고, 검색창마다 당신 딸이 만든 영화 제목이 적혀 있다는 이야길 하다 그녀는 눈물을, 나는 물을 왈칵 쏟았다.

2.

수 해 전, 영화제 끝나고 한 달쯤 됐으려나? 가로수길 지하 카페에서 만난 그녀는 자신의 시나리오를 번역해줄 수 있겠냐고 물었다.

번역료도 알려줘요, 나연 씨.

일로 만나 친구가 된 다른 영화감독 지망생들을 떠올리며 공손하고 조심스럽고 예의 바른 사람들이라고 생각했다.

저는 아직 학생인 데다 정식으로 의뢰받아서 한 적이 없어서요, 일은 너무 해드리고 싶은데 뭘 어떻게 얼마라고 말씀드리기도 애매하네요, 하고 몸 둘 바 몰라 온몸을 비비 꼬며 쭈뼛거렸더니 그녀는 "제가 많이는 못 드려도 꼬박꼬박 넣어드릴게요. 우리 또 이런 건 철저하잖아?" 하고 눈을 찡긋거렸다. 서로의 처지가 빤한 그녀도 나도 '한창' 가난할 시기였다.

그녀는 내가 한 주 분량의 번역을 마치고 파일을 보내면 메일을 확인하자마자 고료를 입금해주었다. 나는 그렇게 받은 생애 첫 원고료로 생애 첫 장거리 연애를 했다.

내가 가진 것을 재능이라고 인정해주고 대가를 지급해준 최초의 클라이언트. 글을 쓰라고 늘 독려해줬던 사람. 내가 감히 사랑하는 그녀.

누구나 가슴 속에 삼만 원쯤은,

오늘 주임님 모친상으로 장례식장에 다녀왔다. 점심시간에 다른 팀 직원들과 함께 이동했다. 장례식장으로 향하는 차 안에서 이게 몇 번째 조문이더라, 헤아려봤다. 잘 기억은 나지 않지만, 경사보단 조사에 더 자주 간 느낌이다.

예전에 만났던 사람이 한 말 때문에라도 경사보단 조사를 조금 더 챙겼다. "가족 잃었을 때 온 사람들도 너무 고맙지만 안 온 사람들이 꼭 기억에 남는다. 그게 이상하게 그렇더라고." 얼굴 본 것만으로도 힘이 되니까 멀더라도, 당장 네 사정이 넉넉잖더라도, 조사엔 꼭 가라고.

차에서 내릴 때쯤 현금이 없다는 게 떠올랐다.

"장례식장에 ATM기 있을까요?"

옆 팀 언니에게 물었더니 요즘은 다 있을 거예요, 하고 알려줬다. 하긴, 요즘은 다들 현금을 잘 안 들고 다니니까.

계좌에 남겨놓은 현금이 없었으면 어쩔 뻔했나. 마음이란 게 저 혼자 방명록에 이름을 적고 올 수도 없는 일. 우리나라에선 정성을 보이는 가장 좋은 방법은 돈이랬다. 돌잔치에도, 결혼식에도, 장례식에도, 마음을 표해야 하는 일에는 늘 돈이 필요하다는데. 주머니에 조의금 정도는 챙겨 다녀야겠구나, 속으로만 읊조렸다.

장례식은 가도 가도 어렵다. 옛날엔 상 치르는 일이 동네잔치에 가깝다고 했다(좀 오래된 한국 영화 중에 "축제"라고 있지 않나?). 온 동네 사람들이 다 모여서 음식을 나누고, 장을 거들어주고, 곡소리 해주고. 그래서 상갓집에 가면 밥을 잘 먹여주랬다. 그건 누구한테 들은 거더라. 그런데, 맞는 얘긴가? 하면서 육개장을 싹싹 비웠다.

주차장에서 '프리드 선진국형 장례서비스' 스티커가 붙은 봉고차를 봤다. 상조 회사. 생전 본 적도 없는 사람의 가는 길을 봐주러오는 사람들.
선진국형 장례서비스는 뭘까? 내가 미국에서 본 장례식은 이렇게 삼일 밤낮 상주들이 뜬눈으로 지새우던 장례식이 아니었는데. 추도사도 읊어주나? 근데 상조는 본인이 가입하는 게 아니겠지? 자식이 드는 걸까? 우리 엄만 내가 상조에 들었다고 하면 배신감을 느낄까? 배은망덕하다, 부모 갈 길부터 생각하냐 역정을 낼까? 그러다 정말 무슨 일이라도 생기면 어떡하지? 근데 내 나이 때는 다들 이런 생각 하나? 정말 돈 없으면 맘대로 죽지도 못하는구나. 나도 혹시 모르니 내 장례식 비용을 모아둬야 하는 걸까? 결혼 자금은커녕 독립 자금도 없는 마당에?

한참 상념에 빠져 있다 고개를 드니 상주와의 맞절도 끝났고, 내 앞에 놓여 있던 밥그릇도 깨끗하게 비워졌으며, 주임님께 드릴 말을 찾지 못해 손만 꽉 쥐어드리고 나와
도로 주차장이었다.

삶의 풍경이 자꾸 바뀐다.

고요하고 치열한 언어

초등학교 고학년일 때, 그러니까 그 모텔 골목에 살 때, 우리 옆집엔 청각장애인 부부와 어린 두 딸이 살고 있었다. 누군가 그 집 초인종을 누르면 삑삑 조악한 전자음이 울리는 대신 현관문 위에 달린 작은 알전 구가 반짝였다. 그 등을 처음 보았을 때 느꼈던 생경함과 지혜로움, 배려, 소리 없는 세상의 따스함 같은 것들이 불현듯 떠오르는 밤.

수화를 배워야겠다고 결심한 건 그때다. 저 고요한 세상 속엔 얼마나 많은 이야기가 있을까, 전하고 싶은 말이 얼마나 많을까, 불손한 호기심일지 모르지만 듣고 싶다.

언어에 대해서 조금 더 깊게 생각하고, 감사하고, 감상할 수 있는 지금은 같은 시간, 같은 공간에 있어도 전혀 다른 세상에 살고 있을지도 모르는 사람들을 조금이라도 더 이해하고 싶다는 마음이다.

인간이 몸으로 표현하는 세상에 대해서도 조금 더 알고 싶다.

평생의 숙제로 간직한 외국어.

춘사월

서울역에서 4호선을 타러 가는데, 체격이 엄청 왜소한 모녀를 봤어. 엄마는 솜이 다 죽어서 패딩이라고 부르기도 민망하게 얇은 꽃분홍 패딩을 입고 있었지. 어깨랑 팔을 이어 박은 자리는 그나마 남아 있던 솜도 다 빠졌는지 외피가 울고 있었어. 춘사월에 왜 저런 패딩을 입었을까? 따뜻하긴 한 걸까? 구겨진 꽃분홍 피부이씨가 꼭 나 같네. 눈을 거두지 못하고 그 모녀 뒤를 졸졸 따라서 사당행 4호선을 탔지.

울지 말고, 구겨지지 말고, 이젠 종이에 연필로 글 쓰면서, 제발 행복하게 살자. 우리 다.

●
모든 동물은
섹스 후 우울해진다

이상형

침대에서 독서와 섹스를 함께할 수 있는 남자를 찾습니다.

이상형 2016

외모가 준수하며 자기 분야에서 두각을 나타낼 수 있는 인텔리 변태.

이상형 2014

농구나 검도 실력, 영어, 글, 패션, 예의범절, 관계와 시간에 대한 너그러움, 목소리, 체격, 독서습관, 부모님 용돈은 드릴 수 있을 만한 직업, 삶의 모토, 방향성, 그리고 건강한 페니스를 갖추고 있으면 다 갖춘 남자.

사생활 침해

네 소소한 습관들이 궁금해.

책을 읽을 때 마음에 드는 문장마다 밑줄을 긋는지, 책장을 덮기 전에
는 모서리를 접는지 띠지를 끼워두는지,
음악을 들을 땐 눈을 감는지, 스피커와 이어폰으로 듣는 음악이 다른지,
샤워할 때는 어디서부터 거품을 묻히는지, 치약은 얼마나 짜는지.

잠이 오지 않는 새벽에는 벽을 마주하고 모로 눕는지, 왼쪽인지 오른
쪽인지,
언제를 가장 많이 회상하는지,
그 틈에 내가 끼어들기도 하는지.

How to Dive (in Love)

지금 카페 창밖에선 쉰이 넘어 보이는 아저씨 한 분이 롱보드를 연습하고 있다. 몸을 움직이는 건 나이 불문, 방법 불문 즐거운 일이지.

나는 요즘 오리발 끼고 접영과 잠영을 배운다. 잠영할 때 몸이 자꾸 수면으로 뜨길래 강사님한테 어떡해야 하느냐고 물었더니 바닥에 붙을 때까지 손을 아래로 뻗고 바닥에 붙으면 웨이브를 더 힘껏, 빠르게 쳐야 한단다. 뭘 배울 땐 시키면 시키는 대로 잘하는 모범생이라 바닥에 붙는 건 금방 했는데, 바닥에 붙으면 덜컥 물이 무서워진다는 게 문제였다. 고작 1.5미터 내려갔는데 수압이 느껴지(는 느낌적인 느낌이)고 고막이 팽창하는 것만 같았다. 게다가 웨이브를 세게 치니 무릎을 자꾸 타일에 찧게 되고, 아프고. 근데 이게, 바닥에 한번 가라앉으면 속도가 붙어서 나도 모르게 엄청 빨리, 더 깊게 물을 차고 나간다. 이 속도로 가라앉다간 내 힘으로 올라올 수 없을까 봐 겁은 나는데 또 너무 신나서 멈출 수는 없고.

어쩌지, 계산하는 동안 결국 내 몸은 더 깊이 들어가버린다.

상대를 향한 애정이 걷잡을 수 없이 빠른 속도로 커져갈 때, 왜 사랑에 '빠진다'고 하는지 알 것 같다.

네게 뛰어드는 재미를 알려주고 싶다.

너에게 닿을 때까지 deeply falling in love.

남녀삼석식론

1.

만나면 분명 좋아하게 될 것 같아서
도저히 만날 엄두가 나질 않는 사람이 있다.

2.

남녀삼석식론*이란 것도 있지.

오즈 야스지로 감독이 한 말인데, 남녀가 단둘이 저녁을 세 번 먹고도
아무 일이 없으면 그사이엔 아무 일도 일어나지 않을 거란 얘기야.

정말 오즈 야스지로의 말이 맞는지는 모르겠어. 근데 어쨌든 남녀가
세 번 저녁 식사를 하고도 아무 일이 없다면 그 둘 사이에는 아마 아주
오래도록 아무 일도 없을 거야.

3.

그 세 번의 식사까지 약 3년 정도 걸린 경험이 있다.

---

* 제가 붙인 이름이지 정말 이런 용어가 있는 것은 아닙니다...

상상연애

나는 너를 처음 보던 날, 그러니까 그걸 SNS에서 처음 봤을 때라고 해야 하는지 아니면 실물을 처음 봤을 때라고 해야 하는지 잘 모르겠지만, 너라는 사람의 형태를 처음으로 인지하게 됐던 날, 너랑 스킨십 하는 상상을 해봤어. 이게 일종의 자가 심리테스트인데, 처음 본 이성과의 적절한 거리를 정하는 나만의 방법 같은 거야. 상대방과 스킨십을 어디까지 할 수 있을까? 상상해보는 거지. 지금 친구인 남자들은 손잡는 것도 너무 어색할 것 같았던 사람들이고, 세상에서 잠이 제일 소중한 내가 새벽 두세 시까지 시답잖은 카톡을 주고받았던 사람들은 그래도 팔짱 정도는 껴보고 싶은 남자였다고나 할까?

너랑은 몸을 포개는 일도 상상해봤어. 네가 분주하게 이런저런 것들을 설명하는 동안 나는 경청하는 척, 사실은 소파에 몸을 기대고 네 체중에 짓눌리는 나를 상상해봤지. 내가 네 목덜미에 고개를 파묻으면 넌 어떤 소리를 낼까? 꼬리뼈에서 목덜미까지, 내가 손끝으로 네 등에 난 계곡을 훑으면 네 몸은 어떻게 반응할까? 넌 침대에서 대화하는 사람일까, 침묵하는 사람일까? 정사가 끝나면 어떤 태도를 보이는 남자일까? 기진맥진해 하면서도 한껏 헝클어진 내 머리칼부터 정리해줄까, 아니면 씻겠다며 먼저 자리에서 일어날까?

사실 요즘은 이런 게 더 궁금해.

귀가해 말끔히 차려 입었던 옷을 벗고 식탁이나 쇼파에 앉으면 넌 어떤 사람일까?

우리가 한 우산을 쓰고 걸을 일이 생길까? 그 우산 아래에서 서로의 손목이 스칠 땐 어떤 느낌일까?

네가 먼저 인사를 건네기 훨씬 전부터 나는 널 만나보고 싶어 했다는 걸, 너는 알까? 모를까?

조물주 개새끼

이제 좀
좋은 사람 만나서 연애해야지…

근데 좋은 여자들은
안야할꺼같다…

ㅋㅋㅋㅋㅋㅋㅋㅋㅋㅋㅋㅋ
좋은 남자들도 안 야해
좋다, 라는 관념엔 에로틱함이 없나봐

개망함
ㅋㅋㅋㅋㅋㅋㅋㅋㅋㅋㅋ
조물주 개새끼

이촌동 말고 동교동 덮밥집

1.

정말 친해지고 싶은 사람만 데려가는 덮밥집이 있다.

내가 덮밥을 사준다고 하면,

그건 내가 너를 아주 많이 좋아한다는 뜻이야.

나는 널 그 덮밥집에 데려가고 싶어.

2.

얼마 전에 추억의 덮밥집에 다녀왔다. 그 가게에 다닌 지 벌써 9년이 되었는데, 그 사이 분점이 생겼고, 깜짝 놀랄 만큼 맛이 변했다. 예전의 맛을 찾아볼 수가 없었다. 우동 육수 정도 비슷한가?

하필 좋아하는 동생을 데리고 밥을 먹으러 간 건데, 미안할 정도로 맛이 없어서 나는 밥을 코로 먹었다. 면 농담이고. 동생은 "언니, 괜찮아. 맛있었어."랬지만 난 도저히 괜찮을 수가 없었다. 야속해.

하지만 새로운 최애 덮밥집이 생겼지. 기대해.

물고기 초밥

1.

합정에 자주 가는 초밥집이 있다. 아주 작고 단출하다. 테이블은 고작 네 개, 다찌에 놓인 의자도 여섯 개뿐. 합정이나 상수에서 친구를 만났는데 마땅한 메뉴가 떠오르지 않으면 늘 그 집에 데려갔다. 일부러 찾아갈 만한 곳은 아니었지만 실패할 일도 없는 곳이었다.*

그날도 거기서 게 눈 감추듯 스시를 흡입하는데 또 옆 테이블 대화가 들렸다. 단짝친구로 보이는 남자와 여자가 앉아 있었고 서로의 자신의 관심녀, 관심남에 대해 자랑하는 중이었다.

남자는,

"근데, 걔 이름 할아버지가 지어주신 거래. 마을 도에 아름다울 아를 써서 도아. 마을에서 가장 예쁜 아이라는 뜻이라는데, 너무 예쁘지 않냐?"라며 제 말에 스스로 감격했다. 도아**라는 친구가 도아의 의미를

---

* 초밥집은 없어졌다. 앞에서 언급한 새 최애 덮밥집도 없어졌다. 이제 연애는 어디서 하나 ….

** 도아 씨, 제 글이 도아 씨에게 닿는 날이 올지 모르겠습니다. 이 글을 보신다면 먼저 허락 없이 이름을 훔쳐다 쓴 것 사과드립니다. 그리고 그때 그분과 아직 만나고 계신다면, 혹 그렇지 않더라도, 꼭 행복하게 지내고 계시기를 바랍니다. 따로 또 같이.

설명해주던 그 순간을 떠올렸겠지.

　딱히 맞은편에 앉은 친구에게 동의를 구하는 말은 아니었다. 그저, 도아를 많이 좋아하고 있다는 그의 수많은 애정표현 중 하나였다.

　2.
　"그러게 진짜 이름 너무 예쁘네요." 하고 내가 가서 맞장구를 칠 뻔했다.

버니니 위드 스트로베리

1.

나보다 술이 약했던 남자에게 짝사랑을 고백하던 날이었는데, 내가 그랬거든.

"너는 날 재밌는 책처럼 읽잖아요. 내가 궁금한 게 아니라 내 얘기만 궁금해하잖아요. 그래서 다 읽었다 생각되면 덮어버릴 텐데 그런 사람을 어떻게 믿고 만나요."

그 사람은 여느 때처럼 내 말을 경청하다 말고 갑자기 핸드폰을 꺼내더니,

"음, 무슨 말인지 알 것 같아요. 그런데 그 표현 좋네요. 사람을 책처럼 읽는다. 나도 나연 씨처럼 메모하는 습관을 들이기로 했거든요? 나연 씨는 비유가 좋네요. 좀 적어도 돼요?" 묻곤 내 말을 그대로 받아적는 거야. 도대체 이 인간을 어떻게 죽여야 하지 싶더라고. 그러곤 자기는 더 못 마시겠다면서 남은 버니니를 건네주길래 그냥 살려뒀어. 나는 딸기를 빠뜨린 버니니를 좋아하거든.

2.

하지만 바로 정신을 차렸어. "그게 뭐 하는 짓이에요?! 빨리 치워

옷!!"소리를 버럭 질렀다가 눈을 치켜뜨고 "진짜 재수 없어." 했지. 그 사람은 그게 귀엽다고 웃더라.

다시 한번 말하지만 짝사랑을 고백하던 자리였어. 그래도 공은 공이고 사는 사지. 나도 참 공사다망해.

3.

술 마시고 신이 났던 새벽에 뜬금없는 사람에게 문자가 왔어.

"그만 마시고 얼른 들어가요."

맥주 한 병 마시고 취해선 신난다고 인스타에 올린 불콰한 셀카를 보고 문자했겠지. 나는 너무 신이 났고, 또 좀 취하니 문자가 귀찮아서 전화했어. 취기에 객기를 부렸겠지? 갑자기 나한테 끼 부린다는 거야.

"본인이 끼 부리는 거, 즐기는 거 아니었어요?"

미친 새끼, 지가 먼저 문자해놓고 뭐래, 하면서 육두문자가 토처럼 올라왔는데, 말했잖아, 취하면 문자 쓰기 귀찮다고. 그날도 그래서 관뒀어.

4.

너랑 처음 말을 섞던 날, 낯선 방에 둘이 뱉은 호흡만 가득 찼던 날, 나는 네가 나라는 책을 시작도 하기 전에 끝장부터 봤다고 생각할 줄 알았어. 볼 장 다 봤다고. 말이 좀 통할 것 같은 사람을 겨우 찾았는데 또 잃었나, 지레 쫄아서 속상했는데 너는 거기가 프롤로그라고 생각했더라. 그게 우리 장기연재의 비결이랄까.

5.

나는 기가 좀 강한가 봐. '기'가 세면 '끼'가 되고 그런 거니까 어쩌면 그 사람 말이 맞는지도 모르겠네.

불량식품

1.

가까워지고 싶은 남자가 늦은 밤에 건네는 맥주. 맥주 거품만큼 폭살 거리는 그 유혹을 뿌리칠 수 있는 여자가 과연 세상에 존재하겠는가?

2.

하지만 배고프다고 아무거나 먹어선 안 됩니다. 아무거나 먹으면 나중에 탈 나니까 가려 드세요.

치, 치

누군가 그랬다. 야함이란 굳이 살갗이 보여야만 하는 건 아니라고.

술도 잘 못 하는 두 사람이 술로 2차까지 갔다. 눈은 자꾸 감기고 다리는 공중부양이라도 한 사람처럼 감각이 없었다. 정신을 차리려고 달싹이면 다닥다닥 붙은 테이블 밑으로 자꾸 무릎이 맞닿았다. 술이 좀 깰까 싶어 물 좀 주세요, 하고 컵을 내밀면 물병 가장자리에서 손길이 섞였다. 가게가 난방이 센가, 내가 오늘 옷을 너무 껴입고 나왔나, 더워서 어쩔 줄 몰라 하고 있는데 종업원이 다가왔다. 죄송하지만 저희 오늘 영업시간이 끝나서요.

도로는 텅 비어 있었다. 계산하고 나올 남자를 기다리며 찬 바람을 맞고 서 있었다. 겨울바람에 뺨을 맞고서야 정신이 들었다. 남자가 조용히 곁에 섰다. 빈 택시 두 대가 지나갔다.

뭘 하고 싶은지 뭘 할 건지 뻔히 다 알면서 서로 태연하게.

"저희 이제 뭐 할까요?"
"그러게요. 어디 가고 싶어요?"

금남(禁男)목록

1.
술에 취한 사람을 만나지 말 것

2.
여자친구가 있어도 외롭다는 사람을 만나지 말 것

3.
술에 취해 여자친구가 있어도 외롭다는 사람은
대꾸도 해주지 말 것

취중진담

어제부로 취중진담이란 말은 믿지 않기로 했다.

Drunk text, drunk call은 대부분 귀엽다. 물론 아닌 날도 있지만. 한데 전화를 걸어온 사람들은 전날 나눈 이야기를 기억하지 못하는 듯하다. 그러니까 취중은 그쪽, 진담은 내 몫.

에어플레인 모드

처음엔 카카오톡 알람을 껐다. 중요한 연락이 오든 말든, 그게 중요한 게 아니었다. 먹통인 대기화면을 계속 노려보는 것도 지겹고 구차해서 못 견디겠다, 네까짓 거 내가 다신 휘둘리나 보자, 이를 바득바득 갈았다. 하지만 알람을 꺼봤자 별 소용없었다. 오히려 환청을 들은 사람처럼 알람도 울리지 않은 카톡을 수시로 열어보고, 대화창 옆 빨간 동그라미 숫자가 늘어나진 않았는지 기대에 차 카톡 목록을 스크롤 해댔다.

실없는 농담이든 뭐든, 그 사람한테 무슨 말이라도 걸고 싶어질 땐 여태 나눈 대화를 역주행했다. 하지만 혹시 그 사이에 연락이 올까 봐, 그럼 바로 1이 없어질 거고, 나는 정말 오랜만에 생각나 열어본 것뿐인데 꼭 매일 지 연락만 손꼽아 기다렸던 사람으로 볼까 봐, 어불성설 김칫국을 마시며 에어플레인 모드부터 켰다. 그리고 대화창을 열어 퍼스트 클래스급 프라이버시와 단절 속에서 조용히 과거로의 여행을 즐겼다.

그리고 에어플레인 모드를 종료하고 현실로 돌아오면 언제나, 새로 온 문자는 없었다.

당연히 대화창을 닫고 나오면 다시 화가 치밀었다. 너는 내가 안 궁금하다고!? 하지만 대놓고 욕은 할 수가 없어서 그 사람 이름을 '개새끼'라고 바꿔봤다. '쓰레기'라고도 적어봤다. 지금은 '개자식'에서 멈췄다.

궁색한 변명

1.

드디어 번호를 지웠다.

2.

뭐라고 한참 썼다 지웠다. 그 사람의 후짐에 대해서 쓰다 보니 나도 후진 것 같아서 관둔다.

3.

됐다. 야, 나 후져. 그냥 후질게. 인간이 기본 매너가 없어. 그 자식* 완전 별로야!!!

---

* 며칠 뒤 '그 자식'에게 전화가 왔다. "그래서 내 번호 지웠어?"라고 묻길래 명연기를 펼쳐 위기를 모면했다, 는 거짓말이고 사실 다 들켰다. 헤헤.

잠수대교

마가 뜨는 걸 견디지 못하는 사람들이 있다. 상대방의 어색함에 자신이 더 민망해지는 사람들. 그 어색함이 자기 탓이라고 생각해서 굳이 웃기지 않아도 될 상황에 굳이 안 해도 될 말을 하곤 기꺼이 광대가 되는 사람들. 집에 돌아가면 맥을 못 추고 뻗는 사람들. 왜 나만 이 관계에 이토록 힘을 쏟을까, 왜 늘 내가 주도해야 할까, 광대 기질을 주체하지 못하는 자신에게 화가 나는 사람들,은 나.

오래 마음에만 두었던 사람과 처음으로 단둘이 만났던 날, 한 달에 두어 번 이렇게 만나 어른 농담이나 실컷 할 수 있었으면 좋겠다는 말을 들었다.

너무 비참해서 한겨울 한강물에 빠지고 싶었더랬지.

견인생심

혜픔의 슬픔을 안다
정이 혜퍼 슬픈 짐승이여, 언제나 남의 편
(남아나는) 내 속이 없구나*

---

* 노천명, 〈사슴〉의 일부를 패러디.

오래된 농담

1.
꼬시려고 한 말이 아니라니,
그런 서운한 말이 어디 있어요.

2.
히터가 조금 약한 차 안에서
너랑 눈 구경하다 눈 맞고 싶다.

3.
I desire to be desired.
I am interested in becoming interesting.

4.
워낙 선비 같으셔서
저기 저 꾀꼬리 한 쌍 정다웁게 지저귀는데
우리도 암수 정다웁게 짝짓기나 하자고 할 걸 그랬나.
지금 흐르는 것은 눈물이 아니옵고…

5.

나 라면 별로 안 좋아하는데,

대신 우리 집에서 출발 비디오 여행 볼래?

모텔

통인동인지 서촌 언저리인지, 무척 고즈넉한 위치에 있는 모텔을 발견했다. 꼭 홍상수 영화에 나올 법한 곳이었는데, 그 모텔에 너무 가보고 싶어서 누구 올 사람 없나 생각해보다 문득 슬퍼졌다. 썅.

모텔 2

모텔비를 지급함으로써 남녀평등이 실현될 줄 알았다.
그래, 못해도 남녀평등에 일조는 할 수 있을 줄 알았지.

모텔 3

연애를 시작할 때마다 다시는 모텔이나 전전하는 연인이 되지 않겠다
고 다짐하지만

결국 대부분의 시간을 모텔에서 보낸다.

모텔은 아무리 좋게 봐주려고 해도 어딘가 초라하고 궁색하며 불쾌한
공간이다.

유리구슬

모두의 생엔 문득 뒤돌아보면 아직도 반짝거리는 시간과 그 시간을 빛나게 해준, 더 반짝이는 사람들이 있다. 설령 깨진 유리구슬이라 해도.

가난한 사랑 노래

1.
하루는 네가 술에 취해서,
이달 카드값을 막느라 월세를 동생에게 빌렸다고 씁쓸하게 웃었어.
차마 울지 못해 웃었겠지.

가난한 얘긴 아무리 가까운 사람에게라도 하기 힘든데, 네가 네 한 달 치 가난을 나에게 알려줘서 사실 기분이 좋았다고 하면 난 못된 애야?
그런 네 바닥을 얼마든 더 보고 싶다고 하면 난 모자란 앤가?

2.
나는 사실 네가 나만큼은 벌었으면 좋겠어.
사실 조금 더 벌면 더 좋겠어.
그래서 내가 너랑 하고 싶은 일이 생겼을 때 너에게 미안해하지 않아도 되고, 네가 하고 싶은 게 생겨도 내 눈치 보지 않고 말할 수 있게.
우리가 하고 싶은 게 늘 검소하고 순수할 순 없으니까.

나는 이제 이런 내가 속물이라고 생각 안 해.

이 세상 누구도 손가락만 빨며 살고 싶어 하지 않잖아. 그렇다고 내가 크루즈를 타고 세계여행을 가자는 것도 아니고.

그저 선택지 앞에서,
고민에서,
자유로웠으면 좋겠어. 그것뿐.

3.
나는 너한테서 나는 가난의 냄새가 너무 싫었어. 은유가 아니라 네 옷에선 늘 쿰쿰한 냄새가 났어. 볕은커녕 환기도, 습도 조절도 제대로 되지 않는 반지하 원룸. 그 원룸 벽면에 틈도 없이 쌓아 올린 다이소 플라스틱 서랍장, 2단 행어. 그 안에서 제대로 숨 쉬지 못해 모든 냄새가 배버린 옷들.

널 만나면 네 옷에서, 속옷에서 그 반지하의 냄새가 났어. 현관이 부엌이고, 부엌이 식당인 곳. 그 방인지 복도인지 알 수 없는 공간 구석에 놓인 접이식 상. 너에겐 식탁이자 책상이고 TV장이었지. 셀로판지로 꾸민 그 합판에 올려둔 노트북이 TV를 대신하는 방. 노트북으로 밀린 예능을 보다 그대로 식탁 앞에서 잠들어버리는 방. 그 모든 공간이 네 옷에 냄새로 녹아 있었어.

나는 그게 끔찍하게 싫었어. 페브리즈로도 가릴 수 없는 가난의 냄새. 내가 사준 명품 브랜드 향수도 뚫고 나오는 우리의 처지. 처지의 민낯.

나더러 속물이라고 네가 날 욕이라도 하면 좋았을 텐데. 아님 내가 좀 더 능력 있는 집안 막내딸이었으면 좋았을 텐데. 우리는 그 어느 것도 타고나질 못했지. 금수저를 물고 태어나진 못했지만 이 악물고 노오력이라도 할 수 있게 이라도 날카로웠어야 했는데, 혀라도 교활했어야 했는데.

G에게,

안녕, G야. 네 본명을 쓰면 이 글이 검색될까 봐 이렇게 비겁하게 서문을 여는 나를, 이해하지?

친구들은 네 이름을 들으면 꼭 "그거 애칭이야? 아님 진짜 이름이야?" 하고 되물었어. 그럴 때마다 나는 네 이름을 설명하며 아주 자랑스러운 듯 웃었어. 입에 아주 착 감기지 않니? 심지어 본인이랑 너무 잘 어울려, 라고.

널 만날 땐 렌즈를 끼느라 눈이 늘 건조했고 같이 누워 만화책을 볼 때면 세 번 압축한 안경을 꺼내 써야 했어. 그럴 때면 너는 빤히 날 보다 "내가 싸이에서 본 얼굴은 임마가 아닌데." 하고 놀렸던 것도 같은데. 우리가 만날 땐 스마트폰도 없었어. 믿어지니?

너에게 갈 땐 차비를 아끼려고 일반 고속버스만 끊었어. 우등이랑 고작 몇 천 원 차이인데. 그 몇 천 원의 안락함을 체력으로 메워야 했지. 그래서 네가 사는 도시에 다녀오면 꼬박 하루는 몸살처럼 앓았는데, 이젠 부산도 우스워. 고속버스도 타지 않아. 특급은 아니지만 KTX 일반석 정도는 망설임 없이 예매해.

네가 여전히 영화를 만들고 있어서 나는 가슴이 괜히 뭉클하고, 뿌듯하고, 눈물이 왈칵 났어. 뭔지 모르겠다. 무슨 기분인지. 그냥, 네가 행복해서 너무 다행이라는 안도감이었던 것 같아. 이렇게 다시 스크린에서 만날 수 있어서 너무너무 기쁘다. 진심이야. 네가 잘하고 있어서 나는 너무 기뻐.

널 보면 또 이렇게 할마씨처럼 굵은 눈물을 뚝뚝 흘릴까 봐 벌써 걱정이다.
그래도 너무 기쁘다. 그리고 고마워.

이젠 네가 서른둘, 내가 서른이야.
우리는 우리가 했던 농담처럼 살고 있어. 나는 큰 회사에 다니며 번역을 하고 너는 일을 하며 모은 돈으로 영화를 만들고. 믿어지니?

그땐 내 눈앞에 펼쳐진 시간만 잘 보내면 꼭 뭐라도 될 수 있을 것 같았어. 내 세상 돌아가는 일에만 정신이 팔려 너를 돌아보지 못했어. 내가 근시안적인 인간이었구나, 지금에서야 반성하지만.

그때는 오늘이 올 줄 우리 둘 다 알았겠니? 아닌가, 너는 알고 있었으려나.

친구들은 아직도 이따금 네 얘기를 해. 주로 나를 놀리느라 네 이름을 꺼내지.

그럼 나는 여전히 당황해서 중언부언, 이상한 말을 해.

고개 들지 못하고 가늘게 떨던 정수리, 목덜미, 어깨. 너의 수많은 모습 중에 그 장면만 자꾸 떠올라. 헤어지던 날이 뇌리에 가장 깊게 박혀서일까.

친구들은 네가 계속 영화를 할 거라고 생각했대. 다만 정말 이렇게 생각지도 못한 곳에서 마주칠 줄은 몰랐다네. 나는, 나는, 네가 영화가 아니더라도 영상을 계속 만들면 좋겠다고 생각했어. 이제 더는 내가 네 시나리오를 번역해줄 일도 없겠지만 그래도 언젠가, 어떤 스크린에서라도, 우연히 네가 만든 화면과 마주치면 좋겠다. 진심으로 기뻐할 수 있을 텐데, 바랐거든.

그날이 오늘일 줄은 몰랐네.
너무 놀라 소리 지를 뻔했지만 나는 이 기쁜 맘을 전할 길이 없어 눈이 벌게졌단다.

늘 내 과거에 존재하는 '그'들에게 상처받은 마음으로 편지를 썼는데, 오늘은 지금의 '너'에게 기쁜 마음으로 부치지 못할 편지를 써.

전하지 못한대도 괜찮아.
계속 영화 해줘. 언제든 이렇게 찾아볼게. 진심으로 기뻐하며 네 행복을 빌게.

축하해.

가난한 사랑 노래 2

1.

"그래서 그때 많이 도와줬어?"

"엉?"

"그때, 처음 만났을 때, 그 친구 작업 많이 도와줬냐고."

"아, 도와주고 말고 할 것도 없었어. 이미 작업 다 끝나고 만났는데, 뭘. 번역 필요하다는 것만 좀 해줬지."

"가난한 예술가를 대표해서 너한테 표창장이라도 줘야 하니?…"

"필요 없거등?????"

2.

"우리 둘 다 가난했거든. 둘 다 학생인데 무슨 돈이 있어. 그래서 KTX 대신 고속버스를 타고 다녔는데, 우등도 못 탔어. 그 돈도 아끼려고. 그럼 일반을 타고 한 서너 시간 꼼짝 않고 가는 거야. 갔다 오면 병나고.

근데, 둘 다 기차 타란 말을 못 했어. 둘 다 만나면 피곤한 기색이 역력한데도 아무 말도 못 했어. 그 얘길 어떻게 꺼내. 나도 개도 어차피 기차표 한 장 못 끊어주는데."

"크. 여기 소주 한 병이요."

3.

솔직히 대궐같이 큰 집에서 신혼 생활을 시작하는 제 또래의 부부를 보면 부러워요. 거실 창밖으로 마천루가 보이고 욕실엔 세 명은 족히 들어갈 듯한 욕조가 떡 하니 버티고 있는 신혼집. 나한테 거품 목욕은 모텔이든 호텔이든, 잘 꾸며진 가짜 집에나 가야 누릴 수 있는 호사인데, 그래서 거품목욕 마니아들이 환장한다는 배쓰밤인지 뭔지는 여태 사본 적도 없는데, 그런 걸 쟁여둘 것 같은 젊은 부부들.

그런데 그렇지 않은 시작일 확률이 더 높거든요. 그냥 현실감각이죠. 비관주의가 아니라. 그래도 아주 어렵지만 않으면 됐지, 오늘은 어땠어, 하면서 손을 조몰락거리다 잠들고 눈뜨는 그런 삶이면 될 것 같아요.

인생이란 애도 양심이 있으면 저한테 그것도 어렵다곤 못하겠죠.

팥, 바닐라, 생강

#팥 1

그 사람과 3년 만에 만나는 자리였다. 팥을 직접 쒀서 맛있다는 집이었다. 팥죽을 안 좋아하던 나는 빙수를, 추위를 많이 타는 그는 단팥죽을 시켰다. 처음 만난 날도 그랬지만, 앞접시를 놓고 빙수를 덜어 먹어야 할 것 같은 사이였는데 그 사람은 아무렇지 않게 한 그릇에 숟가락 두 개를 다 담고 "정말 맛있네요, 나연 씨?" 했다. 그 사람 쪽에서 살금살금, 내 쪽에서 살금살금, 얼음 동굴을 만들며 사이좋게 빙수를 나눠 먹었다. 단팥죽을 먹다가도 그 사람은 또 "잣 맛있네요. 잣 먹어봐요, 나연 씨."

내가 나연 씨라서 참말 좋았다.*

–

---

* 2015년 초에 적은 글. 그해 내내 적었던 그 어떤 문장들보다 이 문장이 좋았다. 생생하기 때문에. 읽는 사람도 마감을 30분 앞둔 동부이촌동의 작은 단팥집과 가게 안 노오-란 불빛 아래 어색하게 마주 앉아 단팥죽과 팥빙수를 노나 먹는 두 사람을 단어의 틈바구니에서 볼 수 있다면 좋겠다. 또 귀신도 물러갈 만큼 붉은 팥을 잔뜩 올려놓고 얼음 동굴을 만들면 좋겠다. 하지만 겨울엔 역시 쫀득한 옹심이를 품은 단팥죽.

"저 사실 단팥죽 안 좋아하는데 오늘 먹은 거 맛있었어요."

"맞아요. 달고 맛있었어요."

"그러게요. 진짜 맛있어서 집에 오면서 반성했어요. 역시나 뭐든 직접 만나 겪어보기 전엔 좋다 싫다 함부로 말하면 안 되는구나."

"그죠. 왜 안 좋아했을까? 이리 맛있는 걸."

#팥 2

또 팥 얘기. 카페에서 음료를 주문하려고 카운터에 섰는데 등 뒤로 문 열리는 소리가 들렸다. 아주머니와 아저씨였다. 아직 메뉴판을 공부 중이던 내가 살짝 옆으로 비켜서자 두 분은 사장님께 시루떡 한 접시를 내밀었다.

"뒷건물에 새로 들어왔어요. 공사하는 동안 많이 시끄러웠죠. 고생 많으셨어요."

주문을 마치고 자리로 돌아온 나, 그리고 나보다 먼저 자리 잡고 계셨던 손님, 사장님까지 세 사람은 조용히 각자의 자리에서 한입 크기로 잘린 시루떡을 나눠먹었다. 쫀득쫀득 맛있었다.

–

사실 어렸을 땐 시루떡도 싫어했다. 지금 생각해보니 시루떡이 싫었다기보다는 팥 고유의 맛, 향, 식감—특히 껍질이 그대로 씹히는 느낌—을 싫어했던 것 같다. 그러던 김 양은 스물셋 이후론 여름이면 밥 대신 팥빙수만 찾고, 두 겨울 전에는 팥죽도 맛있는 음식이란 걸 깨닫는데…

그저 입에 한번 넣어보면 족할 일이었는데, 맛있는 게 맛있다는 걸 알기까지 30년에 가까운 시간이 걸렸다. 사물이든 사람이든 저마다 익는 시간이 있다. 그리고 가치를 알아보는 안목을 키우는 데에도 시간이 든다. 어쩌면 우리는 서로에게 팥 같은 존재일지도 모른다.

그러니, 잠시만 기다려주세요.

#바닐라

아침 댓바람에 갑자기 까눌레가 먹고 싶어져서 그나마 가까운 한강진에 갔다.

처음 가는 가게라 불안하니까 일단 "바닐라 하나만 포장해주세요."

문을 나서자마자 포장을 뜯어 한 입 베어 물었다. 그리고 그대로 다시 문 열고 들어가서 "녹차 두 개랑 바닐라 하나 더 포장해주세요."

얼마 전까진 무슨 디저트든 바닐라 맛이라는 이름이 붙은 건 내 돈 주고 사먹지 않았다. 값에 비해 내가 얻는 게 별로 없다고 생각했다. 바닐라라는 게 정체불명의 단어 같았기 때문이다. 도대체 바닐라가 뭔데? 아무 맛도 안 나는 밋밋하고 희멀건 한 아이스크림 같은 거 아니야? 기왕 같은 값이면 '아, 내가 뭘 먹긴 먹었구나' 하는 효용성이 느껴지는 걸 먹어야 하는 게 아닐까? 그런 생각이었다. 바닐라는 흰 종이 위에 아무리 바르고 발라도 티도 안 나는 흰색 수채화 물감이나 하얀 색종이 같은 느낌이라고 해야 하나. 너무 기본값 같은 느낌. 그리고 실제로 존재하기는 하는 건지 의심스러운 향. 그래서 바닐라는 늘 초코나 딸기, 민트의 화려한 색, 향, 맛에 너무 쉽게 묻혔다.

이젠 바닐라가 뭔지 안다. 눈에도 보이고, 향도 맡을 수 있다. 바닐라는 분명 바닐라대로의 매력이 있다. 쉽게 묻히지만 대체될 수 없다.

여전히 모든 디저트의 기본값이라고 생각한다. 그래서 요즘 새로 시도하는 디저트는 일단 바닐라부터. 시간을 들여 기초부터 차근차근.

#생강

서른이 되고 나니 어디가 아프기 시작하면 금세 낫는 법이 없다. 20대까지만 해도 하루 대차게 앓고 나면 다음 날 80퍼센트 정도는 회복이 됐는데, 이젠 경미한 목감기마저 2주째 나을 기미가 없다. 사무실 어르신들이 "목감기엔 생강차, 생강차" 주문을 외듯 일러주셔서 결국 오늘은 생강을 사다 우리고 있다. 작년까지만 해도 상상도 못했을 일이다. 내가 내 돈 주고 생강을 사서 내 손으로 껍질을 긁어내고 있다니. 그것도 차를 끓여 마시겠다고. '건강식'이라니!

생강 특유의 아릿하고 맵싸한 향 앤드 맛을 몹시도 싫어했는데, 몸에 좋다니 일단 먹는다. 뜨거운 생강차를 들이킬 때마다 목이 따끔거리는 것은 나쁜 균이 뜨거운 생강차에 데어 익사했다는 증거일 거란, 택도 없는 문과적 상상을 곁들여 한 모금 두 모금. 크아.

짝사랑

마음에 사람 하나 들여놨더니
그 틈으로 찬바람이 너무 세게 분다.

유실물 센터

1.
너와 나만 아는 비밀이 생겼다는 건 너무 섹시한 일이지만
그 비밀이 우리만 알고 아무도 몰라야 하는 너와 나의 관계라는 건 서글퍼.

2.
너와 나 사이에 어떤 일이 있었고, 네가 어떤 명언을 해서 나의 심금을 울렸는지 다른 사람이 꼭 알아주어야 하는 것은 아닙니다.

다만, 숨거나 숨기지는 않았으면 좋겠습니다.
그래서 이렇게 아주 조금씩 볕으로 내놓고 있습니다.

대낮을 견딜 수 없는 관계는 없으니만 못하죠.
마약 밀매상적 관계.*

---

* "사랑의 마약 밀매상적 요소" 전혜린, 《그리고 아무 말도 하지 않았다》, 민서출판사, 2004.

3.
밀린 사랑, 떼인 정 대신 받아드립니다,
라는 슬로건 걸고 사업 해보고 싶다.
나 정말 잘 받아줄 수 있는데.

힙스터

네가 가진 세상이 대단해 보인 적이 있어.

네가 만나는 사람,
네가 보는 영화,
네가 듣는 음악,
네가 하는 그 모든 게 내 세상의 것들보다 화려해 보였지.

들춰보니 꼭 그렇지는 않구나.

쓰레기 콜렉터

우리 학교는 남녀공학이었거든. 근데 원래 여고였던 학교를 남녀공학으로 전환한 거라. 한 반에 남녀 비율이 1:2~3일 정도로 여학생 수가 압도적으로 많았어. 남학생이 (희)귀한 학교다 보니 교내에서도 교외에서도 우리학교 교복을 입은 남학생들은 유난히 눈에 잘 띄었지. 내 눈에 띈 사람은 한 학년 선배였어. 까무잡잡한 피부에 까만 뿔테를 끼고, 엄청 왜소한 몸집에 정말 지구(본)도 들어갈 만큼 큰 오클리 백팩을 매고 다녔거든? 그 백팩 앞주머니에 가끔 락카가 꽂혀 있었어. 나는 거기에 꽂혔어. 까만 백팩에 꽂힌 하얀 락카통.

그 사람이 선배인 건 어떻게 알았느냐고? 아, 다 수가 있지. 우리 학교는 운동장에 엄청 높은 스탠드가 있었어. 야구장처럼 관중석을 운동장보다 훨씬 높은 곳에 만들어둔 벤치형 스탠드. 그 사람은 운동장보단 스탠드에 나와서 광합성을 하며 시간을 보내는 사람이었어. 하루는 점심시간에 친구들이랑 스탠드에서 아이스크림을 먹는데 그 사람도 친구 둘 하고 스탠드로 오는 거야. 내가 스탠드 맨 꼭대기에 있어서 그 사람은 아마 날 못 봤을 거야. 그 사람은 뚱뚱한 체리맛 콜라를 마시고 있더라. 친구한테 "야, 저기 저 체리콕. 저 사람이야." 했더니 친구는 그 옆에 있는 사람을 가리키면서 "우리 동아리 선배 친구인가 보네." 하더라고.

우리보다 한 학년 위 미술반이야.

미술반. 아, 그래서 락카통을. 낱개의 점이 이어지던 순간이었어.

그때부터 나의 소소한(?) 스토킹이 시작되었지. 교무실에서 2학년 미술반 출석부를 보고 그 사람 이름을 알아낸다든가, 꾸준한 관찰을 통해 체리콕과 스프라이트를 매일 번갈아가며 마신다는 정보를 수집한다든가. 늘 들고 다니는 락커는 그라피티를 할 때 쓰는 도구고, Volcom이라는 생소한 브랜드를 좋아한다는 것도 알아냈지.

하지만 그 사람과의 이야기는 여기까지야. 그때 나는 인생 최고로 못생겼었고, 미술에 대한 마음도 접은 지 오래였거든. 뭐라 말이라도 붙여보기에 (내 환상 속에서) 그는 너무 대단한 사람이었어.
대신 어느 날은 그 사람이 다 마신 뒤에 스탠드에 버리고 간 체리콕 캔을 주워왔어. 그날, 책상에 빈 캔을 올려두고 오래오래 싱글벙글했었네.

초면에는 피임하세오

1.

어느 아이스크림 브랜드가 얼마 전엔 '초○○○ 피○○○오'이라는 이름의 새로운 맛이 나온다며 초성 게임 같은 광고를 시작했다. 나는 그 걸 가만히 보다 말고,

'초면에는 피임하세오'
라고 뇌까렸다지.

2.

"근데 피임을 너무 열심히 해도 서운하고 안 해도 서운하지 않아요?"
"맞아. 너무 정확하면 '뭐야, 나와의 미래는 생각하기 싫단 거야?' 싶 었다가,
또 너무 안 하면 '뭐야, 내 미래는 생각 안 하는 거야?' 싶죠?"

3.

그해 겨울엔 귤이 유난히 당겼다. 아기 주먹만 한 하우스 밀감을 소쿠 리째 사서 식탁에다 넣어놓고 주방을 지나칠 때마다 그 자리에 서서 서

너 알씩 까먹었다. 출근길에도 두 주먹 정도 쥐고 나가서 지하철에서, 사무실에서 야무지게 까먹었다.

도통 신 걸 좋아한 적이 없었는데 희한하네, 누가 보면 애라도 들어선 줄 알겠다, 속으로 웃으면서 여느 때처럼 퇴근 버스를 기다리던 날이었다. 아침에 들고 나온 귤 여섯 알 중 마지막 한 알을 까고 있는데 내 뒤로 어린 커플이 줄을 섰다. 일부러 엿들으려던 건 아니었는데, 난 꼭 주변에 연인으로 보이는 사람들이 대화를 나누고 있으면 갑자기 귀가 밝아지더라. 얼핏 목소리만 들었을 땐 고등학생인 줄 알았다. 쓰레기통을 찾는 척 뒤를 돌아보니 여자애는 앳된 얼굴에 머리를 노랗게 탈색했고, 남자애는, 그냥, 남자애였다. 찰나의 순간에 강인한 인상을 남길 정도로 눈에 띄는 특징 같은 건 없는 남자 사람. 쓰레기통은 애초부터 없었으므로 나는 다시 차로 쪽으로 몸을 돌렸다. 그리고 그때, 그해 들었던 말 중 가장 무서운 얘길 들었다.

"아, 근데, 나 두 달째 생리가 없어."

와.

사람을 여럿 기절시켰다던 페이크 다큐도 이엔 비할 바가 아니었다. 그까짓 귀신은 기껏 해봤자 가위나 누르고 사람 혼절시키는 게 다겠지만 두 달째 소식이 없는 생리는, 특히나 연애 중인 여자에게 생리가 없다는 얘기는, 재수가 좋아봤자, 아니, 재수가 좋을 수가 있나?

이제 갓 고등학교를 졸업했거나, 아무리 많이 봐줘도 스물셋이 넘지 않았을 것 같은 여자애였다. 쟤네 어쩌려고, 부터 시작해서 난 마지막 생리가 언제더라, 꼽아볼 때까지 나는 입에 넣은 귤을 삼키지도 못하고 소처럼 되새김질만 했다.

아무리 생각해봐도 기억이 안 났다.

마지막 생리 날짜를 어플에 적어두지 않은 걸 후회했다. 워낙 주기가
엉망진창이라 신경도 안 쓰고 살았다. 실은 주기가 불규칙해서 편했다.
생리통도 없고 요실금 환자처럼 내 의지와 상관없이 다리 사이로 피를
줄줄 쏟는 일이 매달 벌어지지 않으니 얼마나 좋아! 그런 철딱서니 없는
소리를.

버스 안에선 임신 테스트기만 생각했다. 임테기만 사면 돼. 다 괜찮을
거야. 지난번에도 괜찮았잖아. 괜찮아.

사실 하나도 안 괜찮았다. 마지막 섹스가 언제더라, 임신이면 어쩌지,
그래도 그 사람 애면 낳을 만하겠다, 근데 알려야 하나? 오만 가지 망상
에 빠졌다. 꾸역꾸역 삼킨 밀감이 기도를 서서히 죄어오는 것 같았다.
속이 갑갑해졌다.

집보다 다섯 정거장 먼저 내렸다. 역에 내리면 대로를 따라 대형 약국
이 줄지어 서 있는 번화가였다. 번화가에서 임테기를 사는 게 미친 얘기
같겠지만 이럴 때일수록 반드시 번화가여야만 했다. 두 번 다시 오지 않
을 것 같으며, 약사도 나도 서로를 기억하지 못할 만큼 많은 환자와 보
호자가 오고 가는 대형 약국이어야만 했다.

나는 무표정을 유지하며 최대한 덤덤하게 말했다.

"임신 테스트기 하나 주세요."

약사 역시 나를 무표정하게 쳐다보며 되물었다.

"임신 테스트기는 아침에 쓰시는 게 가장 정확하고요. 마지막 성관계
후 2주 지나셨어요?"

나는 대답 대신 깊은 내적 한숨을 쉬었다.

마지막 섹스는 3주 전이었다. 그러고 보니 지난주에 몸살 기운이 있

었다. 임신 초기 증상이었나? 아, 이 멍청한 년. 왜 그때 확인을 안 했지? 아, 씨발. 진짜 임신이면 어떡하지? 망상은 멈출 줄 모르는 폭주 기관차처럼 끝도 없이 이어졌다.

더 망설였다간 약사가 같은 질문을 또 할 것 같아서 "네, 괜찮아요. 주세요." 했다.

평소 친구들 사이에서 섹스 상담사를 자처하고 다녔고, 섹스를 왜 섹스라고 부르지 못하냐며 공공장소에서도 거리낌 없이 호색호색 하던 나였다. 하지만 임테기를 살 때만큼은 입이 바싹 말랐다. 산부인과에서 바이러스 검사를 할 때도, 사후피임약을 사러 갈 때도, 판결을 기다리는 죄인이 된 기분이었다.

섹스는 세상 그 어떤 부귀영화도 줄 수 없을 것 같은 황홀경을 안겨주었다. 하지만 그 쾌락의 스펙트럼에 임신은 없었다. 물론 사회가 섹스에 부여한 전통적 기능은 종족 번식이다. 새로운 사회 구성원 이코르 노동력 및 생산력 증대를 의미했던 시대의 사상이지만 나는 우습게도 섹스의 생물학적, 사회적 의미를 배란기마다 몸소 재확인했다. 성욕이 급증하는 시기였다. 그때만 잘 넘기고 나면 곧 생리를 했다. 그때 섹스를 했다면 바로 임신이었겠지. 하지만 가임기 여성으로 지도의 한 점을 차지한 주제에 여전히 비혼인 나는 제 기능을 다하지 못한 죄로 거의 매달 피의 대가를 치러야 했다. 그런데 이번엔 그게 없었다. 왜 몰랐을까. 왜 진작 눈치채지 못했을까. 왜 이 끔찍한 약국 투어를 또 하는 걸까.

임테기를 가방에 찔러 넣고 근처 쇼핑몰 화장실로 향했다. 경보라도 하듯 잰걸음으로 좌변기 칸까지 내달았다. 임테기는 절대 집에서 확인하지 않았다. 서른이 되도록 네댓 번 써본 게 전부였지만 처음 샀던 때를 제외하곤 반드시, 공공화장실에서 확인했다. 철저한 익명성이 필요했다. 되도록이면 화장실 한 칸을 10분쯤 차지하고 있어도 문 두드릴 사람이 없을 만큼 넓고 칸이 많은 화장실.

다급하게 상자의 스티커를 떼고 바지와 속옷을 내렸다. 배뇨감이 없어 억지로 휘파람 새는 소릴 냈다. 쉬이, 쉬이, 제발 빨리 나와라. 빨리 끝내자.

임테기를 쓸 때마다 나는 세상이 정말이지 너무 불공평하다고 생각했다. 물론 콘돔은 썼다. 하지만 그 이상의 피임을 하고 싶진 않았다. 피임약을 타러 병원에 가는 것도, 처방전을 내미는 것도, 다 싫었다. 루프도 생각해봤지만, 몸에 플라스틱 위시본 같은 걸 넣어둔다는 게 영 내키지 않았다. 그래서 콘돔을 선택했다. 콘돔은 모두를 위한 최소한의 세이프 가드였다. 누구라도 오천 원만 있으면 편의점에서 콘돔을 사서 안전하게 섹스를 할 수 있다. 하지만 콘돔을 써도 1~3퍼센트의 임신 가능성은 남아 있다. 그건 삼신 할매 마음이겠지. 그리고 그 1~3퍼센트 때문에 매달 공포와 절망감 속에서 오매불망 생리를 기다리는 건 여자다. 사전 피임만 해도 그렇다. 건강한 여성의 난자는 28일마다 배출된다. 건강한 남자의 정자는 거의, 뭐, 맘만 먹으면 한 30분에 한 번씩은 사정할 수 있잖아? 아니야?! 첫 삽입 후 5분도 채 안 돼 사정해놓고 나한테 "난 한 번 하고 나도 바로 서서 괜찮아."라고 내 앞에서 어깨 으쓱거렸던 남자만 해도, 엉, 몇 명인…. 그럼 정말 일촉즉발의 임신공격*이 가능한 쪽은 남자다. 근데 왜 남성용 사전 피임약은 아직도 널리 보급되지 않고 있느냐 말이다! 정자란 놈은 왜 제집도 아닌 곳에서 최장 사흘이나 생존해서 사람 피를 말리느냐 말이다!

한 개든 두 개든 빨간선이 뜰 때까지 내가 할 수 있는 건 없었다. 그저

---

* 인신공격을 임신공격이라고 틀리게 쓰는 사람이 있다더라. 임신공격이라니. 세상 무서운 공격이다. 근데 이렇게 말하면 난 인심(人心)공격인가?

통장에 적어도 백만 원은 있는지, 수술이 가능한 병원은 도대체 어디서 누구한테 물어봐야 하는지, 그 친구가 갔다던 병원은 어디였는지, 플랜 B, C, D, E, F, G, H, I⋯Z, Z-2, Z-3까지 고안해내며 5분을 견뎌야 했다.

그래도 그 사람이라 다행이다. 만에 하나 빨간 선이 두 개라도 그 사람은 같이 고민해줄 것이다. 그땐 우리 관계를 긍정적으로 생각해보자 할지도 모른다. 그 사람처럼 공손하고 명석한 아들이라면 키우고 싶다, 아빠를 닮으려나. 그 따위 멍청한 소설을 쓰다 보니 5분이 지났다.

하아⋯

아까 약국에서 차마 입 밖으로 내뱉지 못한 한숨이 단전 밑에서부터 밀쳐 올라왔다.

한 줄이었다.

나는 임테기 뚜껑을 도로 끼워 원래 있던 상자에 집어넣었다. 마치 새 것인 양 사용 설명서까지 챙겨 넣었다. 누가 뜯어보기라도 한다니? 말끔하게 복원시킨 상자를 화장실 쓰레기통에 찔러 넣고 조용히 그 자리를 떴다. 나는 화장실에 있는 동안 지옥문을 보고 나왔지만 세상은 아직 두 동강이 나지도, 화염에 휩싸이지도 않았다.

얼른 집에 가서 남은 귤이 먹고 싶어졌다.

오빠 믿지?

1.
아니, 여러분,
'오빠' 못 믿냐고 채근하는데,
믿는 데 돈 드는 것도 아니고,
좀 믿어달라는데, 거 믿어주면 되죠.
전 '오빠' 믿어요. 찡긋.

2.
근데 오빠는 나 믿을 수 있겠어요?

3.
오빠, 오빠가 우리는 대화가 너무 잘 통한다고, 너처럼 쿵짝이 잘 맞고 대화의 핑퐁이 이어지는 여자는 없었다고 좋아했잖아?
　그거 내가 오빠 수준에 맞춰준 거야. 오빠가 좋아할 만한 얘기만 꺼냈고, 오빠가 알면 너무 좋아서, 신기해서, 놀랄 만한 얘기만 들려준 거야.
　사실 난 너무 지루했어.
　미안.

4.

옆 테이블에 앉은 어린 커플은 늦은 점심을 먹었는지 저녁메뉴로 30분간 고민했다. 점심엔 치즈를 먹었으니 저녁엔 토마토 같은 걸 넣은 스파게티를 먹자, 말자.

나는 연애만 하면 살이 쪘다. 만나면 하는 일이라곤 먹고 마시는 것뿐이었다. 지루했다. 물론 영화도 보고 전시도 갔다. 그래도 종국엔 우리 그래서 이따 뭐 먹지? 였다. 혼자 있을 땐 식사를 잊을 만큼 흥미로운 일을 더 많이 하고 있었던 것 같은데 둘이 되면 먹고 싶지 않을 때에도 먹어야 하는 일이 잦았다. 노골적으로 말하자면 같이 있을 동안 무료함을 들키지 않으려고 자꾸 뭘 먹자고 했다. 만나지 않았으면 될 것을 왜 그랬나 싶다.

아, 곁에서 대화를 듣는 내가 다 피곤해졌다. 나가야겠다.

FwB

내가 생각을 좀 해봤는데 말이야. Friends with benefits면 어쨌든 먼저 친구가 되어야 하잖아? 근데 친구가 될 정도로 가까워지고 나면 섹스를 어떻게 하지? 섹스가 하고 싶을 정도로 이성적 호감이 있는 관계면 그냥 연애하면 되는 거 아니야? 아니면 이성적 호감이 없어도 섹스는 할 수 있나? 그럼 그냥 집에서 자위하면 되잖아? 아니 도대체 무슨 소리지? 연애랑 FwB가 그럼 뭐 대단한 차이인 건데? 사람들은 의지할 수 없는 사람이어도 친구라고 불러? 아닐 거 아니야? 서로 믿을 만하다고 생각하고 대화도 잘 통해야 친구가 되는 거 아닌가? 그렇게 정서적으로 교류가 잘 되는 사람인데 몸까지 잘 맞으면 사귀지 않을 이유가 뭐야? 그리고 몸을 섞는데 마음이 안 섞여? 로봇이야? 게다가 한쪽이라도 감정이 생기면 숨긴 채로 계속 만나게 될 거 아니야. 그건 또 얼마나 서글픈 일이야.

그거 서글프다고 정말. 듣고 있니, 너?

키스 포지션 101

남자들아, 키스할 때 손을 어디다 두어야 할지 모르겠으면 한 손으로 여자 목덜미부터 뒤통수까지 가볍고 부드럽게 머리카락을 쓸어 올리고 남은 한 손으로는 턱과 귓불 사이를 감싸 안거나 가슴을 가볍게 만져줘라!!!! 이 똥멍청이들아!!!!

이성의 사정

첫 섹스 첫 시도에 사정을 하지 않으면
사정하지 않는 사정이 무엇이냐고 사정하게 되는 것…

—

이성 앞에선 도저히 이성적일 수가 없는데
왜 이름을 이성이라고 지어가지고.

군침

어려서부터 호기심이 많았던 나에게 어르신들은 "쟈는 궁금한 게 많아서 먹고 싶은 것도 많겠어."라며 웃으셨다. 들을 때마다 '호기심하고 식욕이 무슨 상관이람, 난 새로운 음식이 궁금한 게 아닌데.' 했는데 이젠 알겠다.

난 궁금하면 먹어보고 싶어.

—

우리가 호텔에서 만날 때마다 너도 그런 기분이었을까? 먼저 도착하면 조도를 낮추고, 우리가 더럽힐 이불 위에 미리 누워서 '맛있겠다' 입맛을 다셨을까?

첫 단추의 의미

1.

첫 섹스할 때 희비가 가장 극명하게 교차하는 순간은 키스하면서 그 사람 다리 사이로 손을 쓸어내릴 때야. 키스하는 동안 벨트, 단추, 지퍼를 끄르고 들어간 손에서 묵직함이 느껴지지 않으면 난 그때부터 현실 부정을 시작하지…

2.

첫 삽입에서 숨이 막히는 사람과 아닌 사람이 있는데, 만남을 지속할지 말지는 그때 결정되는 것 같다.

3.

처음이 마지막인 만남들이 있다. 이제는 이름조차 기억나지 않는 사람들. 개중엔 SNS를 통해 만난 사람들도 있다. 트위터에서, 인스타에서, 블로그로 오래 지켜보았더니 괜찮은 사람 같았기에, 먼저 적극적으로 연락을 해오기에 만났던 사람들. 늦은 밤 통화도 하고 수위 높은 농담도 주고받다 막상 현실에서 만났더니 현타 오게 하던 사람들. 나는 "안녕하세요?" 하고 인사하던 순간 이미 모든 호감과 성욕이 짜게 식어 집에 가고 싶었지만 섹스를 너무 기대하는 상대방을 면전에서 거절하는 게 더 힘들어서 그냥 정말 "대준" 사람들.

조금 격하게 표현하자면 내가 나를 강간하는 느낌이었다.

상대에겐 잘못이 없다. 내 의사에 반하는 행동을 한 건, 내게 폭력을 가한 건 나 자신이었다. 정확하게 말하면 '교양 있는 현대 여성'이어야 한다는 나의 슈퍼에고가 내 입을 틀어막았다. 내면 깊숙한 곳의 현명한 나언니*는 '당장 여길 벗어나'라고 소리치고 있었지만, 현실 속 나는 발이 떨어지질 않았다. "죄송합니다. 저는 싫어요." 한마디면 될 일인데 '죄송'의 지읒도 입 밖으로 내뱉지 못했다. 내 머릿속에선 자신에 대한 보호 본능이나 자유의사보다 사회화와 교육의 목소리가 더 컸다. '상대의 체면과 사정을 먼저 헤아려야 착하고 예의 바른 사람이지.' 결국, 상대의 기분이 상할까 봐, 나 때문에 여기까지 나오게 한 게 미안해서, 내가 갑자기 마음이 변했다고 하면 이 사람이 어떻게 변할지 알 수 없어서, 혹 어떤 경위로 나를 협박할지 알 수 없어서, 성적 끌림 이외의 '복잡한 심경' 때문에 섹스했다.

섹스 후 몰려들었던 자책감과 자괴감. 결국, 자해의 흔적으로 남은 밤들. 할 수만 있다면 생살을 도려내서라도 내 몸에서 지우고 싶은 기억.

---

* '나연이＋언니'의 합성어. 친구들이 부르는 별명입니다.

여자로 만 25년,

1.
여자가 첫 섹스를 열심히 해서도, 잘해서도 안 되는 것 같다.
품에 안고 "이런 건 어디서 배웠어?" 하며 머리 쓸어 넘겨주던 개새끼들.

2.
침대에서 무언가 하겠다는 남자가 침대에서 아무 짓도 안 하겠다는 남자보다 더 신빙성 없음.

3.
전엔 남자랑 자는 게 너무 어려웠는데
언제부턴가 남자랑 자지 않는 일이 더 어려워졌다.

여자로 만 29년,

1.

한 손으로 끄르는 남자가 '진짜'라고 생각하던 때가 있었다.

섹스 해본 여자들을 숫자로 헤아리며 목석 같은 여자는 싫다고 고개를 가로젓던 남자 친구들의 말을 곧이곧대로 믿었던 시절.

하지만 내가 자고 싶다고 속삭이면 내 앞에선 몸 달아하다가도 뒤돌아 서서 날 발랑 까진 년이라고 씹어댔던 남자친구의 말도 곧이곧대로 믿었던 시절.

여전히 "이런 건 어디서 배웠냐"고 묻는 남자들이 있다.

그런 남자들한텐 배울 게 없더라고.

2.

어려서 멋도 맛도 모를 땐 무조건 수만 많으면 되게 야하고 막 사람 다루는 데 도가 튼 팜므파탈 같은 게 되는 줄 알았는데, 그런 건 한 명만 있으면 되는 거더라고.

그걸, 없었어도 될 만큼 많은 '의미 없음'을 거치고 나서야 알게 됐지.

3.

난 잘한다는 말보다 잘 맞는다는 말이 좋더라.

4.

성적 취향을 고백하자면, 저는 좀 마른 몸을 좋아하는 것 같습니다.

유난히 도드라진 쇄골을 보면 핥고 싶다는 생각이 들어요.

핥고 싶어요.

좀, 동물적인가요?

침실 예절

1.

침대에서 내가 묻지도 않은 전 여자친구 얘기를 털어놓던 남자들아,

그때 너희들의 뺨 싸대기를 세게 올려 치지 못한 것이 천추의 한으로 남았단다.

다 하나같이 못 잊겠다, 개만 한 여자가 없는 것 같다, 그러던데 그럼 그럴 시간에 내 옆에 누워서 고해성사하지 말고 개한테 연락하지 그랬니. 아니면 그 여자애와 내 인생을 위해서 조용히 꺼져주던가.

2.

남자가 침대에서 절대 하지 말아야 할 말 두 가지:

"제발" 그리고 "한 번만"

2-2.

아, 중간에 울지 말아줘라……

진짜.

3.

그냥 자고 싶으면 자고 싶다고만 해.

진심인 척 말재주 팔고 다니지 말고. 고까우니까.

Manners maketh man

야해야 할 때와 진지해야 할 때를 구분할 줄 아는 사람이 좋습니다.
그래서 그런가, 진지한 게 섹시해 보이고 그러더라고.

"우리 침대에선 반말해요. 그게 야해."

시간을 기억하는 방식

한 침대에서 눈을 떴던 사람들은 섹스 자체보다 마지막 섹스 후 분위기나 태도로 기억되는 것 같다. 어느 날은 어린 시절부터 이어진 저주를 털어놓다 눈물이 터졌고, 어느 날은 목소리가 잠길 때까지 지나간 가요 메들리를 나눠 불렀다.

그 사람들을 그렇게 기억하고 있다.

—

추억이란 게, 필요 없다고 어디 없던 시간이 되나요? 기억하고 싶지 않은 공기까지도 기억의 방바닥에 꾸덕꾸덕 눌어붙어 기어코 추억으로 변질되고 마는 것을요. 잊히기 위해서라도 존재해야 하는 시간들.

Enfant terrible

가끔 잔망스럽고 싶다. 못된 장난을 치고 싶어서 오장육부가 다 간질 거린다. 그러고 나면 꼭 다정하고 엄격한 꾸지람을 들어야겠다. 그게 반 드시 필요하다.

그래서 나는 못된 장난이 치고 싶은 건지, 이런 장난 치면 안 된다고 엉덩이라도 맞으면서 혼나고 싶은 건지, 아님 둘 다 좋은 건지, 잘 모르 겠다.

그저 선이란 선은 다 밟고 싶다.

영화는 영화

그날 그렇게 마주쳐서 반가웠어요, 나연 씨.

그러게요. 깜짝 놀랐어요.
그렇게 사람 많은 데서 만나는 거 너무 오랜만이라…

ㅎㅎㅎ 그러게요.
재미있게 잘 놀았나요?

아니요. 그냥, 영화는 영화구나,
그 생각 했어요.

무슨 말이에요?

왜, 영화 같은 데 보면
왁자지껄한 파티에서 주인공이 지루해하고 있으면
누가 와서 귓속말로 그러잖아요.
파티 재미없죠? 더 재밌는 거 할래요? 그런 거.
아, 역시 그런 건 영화에서나 있는 일이구나~, 그랬다구요.

ㅋㅋㅋㅋㅋㅋ 저도 지루했는데,
나연 씨한테 재미있는 거 하자고 말할 걸 그랬네요.

됐어요. 이미 늦었어요. 흥.

사회화 1

중학생일 때 처음 배우자마자 나중에 써먹으면 꽤 멋지겠다고 생각한 단어가 있다. 사회화.

지금은 다들 잊고 사는 단어겠지만 사회화라는 것은 매우 정교하게 짜인 가치 체득 및 전달의 시스템이다. 그 사회화의 결계가 얼마나 정교하냐면 스파이 영화에 나오는 초록색 레이저 경보기처럼 우리의 일상을 온통 에워싸고 있어 우리가 일정 선 밖으로 나갈 수 없게 하는데도 우리는 특수 안경을 쓰지 않는 이상 그 존재를 발견할 수 없다.

하지만 소속 집단이 바뀌거나 서로 다른 체계에서 자라온 사람을 만나면 사회화의 힘이 가시화된다. 가령 연인이 다툴 때에는 서로가 전 생애에 걸쳐 체득한 가치가 충돌하면서 스파크가 튀고 경고음이 울린다.

그리고 고도의 문명사회에서 적절한 사회화 교육을 받은 사람들은 그런 충돌 상황에서도 '사회적 감정'을 느끼고 사회에 해가 되지 않는 방향으로 행동하도록 훈련되어 있다. 화가 나도, 분노가 풀리지 않아도, 육체적 폭력을 가하지 말고 이성적으로 사고할 것. 잘잘못을 가려보고, 잘못한 사람은 이를 인정하고 미안하다고 사과할 것. 그럼 사과를 받은 사람은 지금 당장 분이 풀리지 않더라도 괜찮다는 말로 상대를 안심시켜 줄 것.

예컨대 좋아하던 남자를 얼굴도 모르는 여자에게 뺏겼지만 그 둘이 행복하길 바란다고 비는 것도, 그러다가 나를 찾아오면 죄책감이 들어 괴로운 것도 다 사실은 사회적 감정인 거야. 사실 그 둘이 서로 가슴에 스크래치만 내다 헤어졌으면 좋겠고, 남자가 여자친구를 안을 때마다 내가 생각났다고 고백하면 그 이름도 모를 여자에게 이상한 승리감이 들어. 그런데 우리는 그렇게 말할 수가 없어. 왜냐? 우린 배운 사람들이 거든.

그래서 말인데, 나는 네가 망했으면 좋겠어. 그것도 아주 야만적으로. 꾸준히, 오래, 더디게.

나락을 갱신했으면 좋겠어.

글 쓰는 남자
- 신승은의 "여자들을 만나야만 곡을 쓰는 뮤지션 얘기"를 듣고

너는 네가 특별할 것 없는 범인이라고 말하면서도
특별하지 않음을 어필하는 특별함을 눈치채주길 바라는 거지.

너는 너의 우울감이, 현기증이, 하룻밤짜리 연인들에게 등 돌리며 느
낀 공허함이
고통의 근원이자 영감의 원천이라고 생각하며 펜대를 굴리지만,
너의 유별나게 섬세한 감수성 때문이라고 한숨 쉬지만,
그 외로움을 트로피인 양 전시하지만,
결코 네가 자초한 일이라고 생각하지는 않지.
네가 손만 뻗으면 구원할 수 있는 거리에 납작하게 누운 외로움은 끝
끝내 외면하지.

순진한 누군가가 그런 네게 기꺼이 손 내밀면
다시 한번 네 상처를 내보이며 마른 눈물 짓지만
네 옹졸한 세계를 지키는 데 급급해서
네 특별할 것 없는 이름을 지키는 데 몰두해서
마음에도 없는 사과를 하고, 또 하고,

네가 만든 딜레마에 빠져 허우적대며

그 끈끈한 진창으로 다시 사람들을 끌어들이고.

다시 고요한 늪인 척 점잔을 빼고.

속셈

1.

된다 안 된다 계산이 섞이기 시작하면 몸을 섞어선 안 된다. 까먹지
말자.

2.

"내가 두려운 건 섹스가 아니라 그 앞뒤로 이어지는 관계 유지야. 얘
도 나를 어떻게 한번 해볼 생각뿐이었을까? 이 관계는 여기서 종료인
가? 다음 날 아침에 헤어지면서 연락할게요, 담에 또 봐요, 하고 두 번
다시 못 보는 걸까? 그런 것들 말이야. 나는 그 사람이 좋아서 함께 있
고 싶었던 것뿐인데, 이제 나는 용도 폐기되는 걸까, 그런 생각을 해야
하는 게 너무 싫어."

3.

하루도 같이 있어주지 않는 사람과 하루라도 같이 있어 주는 사람이
있다. 전자를 택하니 외로워져 후자를 만나는데, 그러다 보면 그 사람과
함께 죄책감과 자괴감이 삼종세트로 찾아오더라는 말씀.

서랍

네가 사는 도시로 목적지를 정하고 숙소는 어디로 잡으면 좋을지를 물었더니 네가 어이없다는 듯 그랬어.

"우리 집 놔두고 숙소를 왜 잡아?"

네 방 서랍장의 맨 위 칸을 비워주면서 네가 그랬지.

"여긴 네가 쓰면 돼. 원래는 양말 같은 거 넣어뒀었는데, 그냥 그건 아래로 옮기면 되니까, 깨끗해. 네 건 여기다 넣고 쓰면 좋지 않을까 해서. 며칠 안 되긴 해도, 그래도."

내가 비우고 나온 그 서랍은 아직 그대로니?

이젠 무얼 담아두고 사니?

브루클린 브릿지

여행 가기 전에 그 도시 지하철 앱까지 다운받아놓고 굳이 택시를 타려던 건 아니었는데 이제 막 도착해서 정신이 없었고 낯선 도시라 머릿속에 떠오른 선택지가 택시밖에 없었어. 원어민하고 영어를 한 게 너무 오랜만이라 내 영어를 알아들어준 택시 기사가 고맙고 신기해서 오두방정을 떨었더니 너는 멍청한 소리 말라며 빨리 오라고 채근했지. 택시를 타고 가는 내내 전화로 문자로, 택시비 비쌀 거야, 어디쯤이야, 얼마나 걸릴 것 같아, 언제 와, 너는 계속 보채는데 나는 모르겠다는 말만 반복했어.

이젠 알겠어. 그 길 위를 다시 달린다고 해도 나는 너를 만날 수 없을 거야. 여태 그랬듯, 앞으로도 우리 세상에 너와 나 같은 사람들은 없을 거야.

우리의 시간은 늘 반짝거리도록 자주 들여다볼게. 반질반질하게 기름칠도 해둘게. 다른 누구보다 나를 믿고 응원해준 너를 믿고 여기까지 왔어. 우리 결국 서로의 과거로만 남는다고 해도 너의 과거가 초라하지 않게, 잘 살게.

사랑한다고 말하는 순간 사랑이 끝나는 저주에 관해

어떤 때는 사랑한다고 말하는 순간 사랑이란 감정은 없어지고 책임 감만 남는 것 같았어. 사랑한다고 내뱉었으니 이젠 정말 사랑해야 한다, 상대가 내 사랑을 느끼고 또 믿을 수 있게 끊임없이 증명해야 한다. 전 언처럼 사랑을 선언했으니 어떻게든 내 말에 책임을 져야 한다는 생각 에 사랑 같은 건 다 집어치우고 책임감으로 관계를 이어갔지.

왜였을까? 사랑을 고백하자마자 아득하고 막연해졌던 게.

그래서 사랑이란 게 정말 지속되는 감정일까 싶어. 하루짜리 연인만 찾는 사람들을 혐오하는 게 그 무책임함 때문은 아닐까 싶어.

정이 든다는 건

할머니는 고기를 좋아하는 사람을 보면 남의 살이 달지? 하고 웃으셨는데, 남의 살은 왜 달까?

좀 쓰지, 좀.

—

누굴 자꾸 만난다고 외로움이 사라지지 않는다.

뭘 자꾸 먹는다고 허기가 사라지지 않는 것처럼.

—

누군가를 알게 되는 계기는 단순한데

모르게 되는 과정은 늘 복잡하다.

–

정이 든다는 건 이런 건가 보다.
없이도 잘 살았는데
만나버렸더니 그리워진다.

HBD 2

1.

하마터면 생일 축하한다고 문자 할 뻔했다.

2.

안부조차 물을 수 없는 사이가 왜 이렇게 많아졌을까. 밥은 먹었냐고, 아픈 덴 없었느냐고, 어디서 뭘 하고 지내냐고, 그저 그뿐인데.

지각의 변

1.
꿈 한번 꾸고 나면 다 무너져 내릴 다짐들.

2.
우리는 진지병에 걸린 애들이라 누굴 만나면 주로 남의 말을 듣고 웃는 역할을 맡았잖아? 그런 사람 둘이 모이니까 진지한 얘기가 그렇게 재미있을 수가 없는 거야. 너는 가끔은 이상한 데에서 강박적으로 고지식한 소릴 하고 그런 자신에게 놀라 빙구처럼 웃었는데, 오늘 꿈엔 그 모습이 나왔어. 말을 뱉어놓고 네가 생각해도 어이가 없을 때 나오는 빙구 웃음.

오랜만에 그 표정을 보니 너무 반가워서 깨면 안 되겠다는 생각이 들더라. 의식의 힘으로 무의식의 끈을 꼬옥 부여잡고 5분만 더, 5분만 더, 하다가 늦잠을 자버렸네.

앞으로는 출근 시간을 엄히 지키겠습니다. 오늘 자 지각의 변.

3.
:▮

중력 가속도

오려거든 새벽보다 빨리 나를 찾아와요.

우주로 나가면 중력이 약해지고 시간이 느리게 흐른대요. 유난히 큰 달이 떠오른 날 머리가 많이 아팠는데 내 편두통은 유난히 강한 인력 때문이래요. 나는 달에게 조종당하고 있어요. 달에 끌려가면 나는 영원히 두통에 시달리는 밤에 갇힐 테니 온 힘을 다해 지구에 있으려 해요.

그러니 오려거든 새벽보다 빨리 중력보다 빨리 나를 찾아와요.

T에게 부쳐

같이 여행을 가자 하시면 암말 않고 짐을 쌀게요. 능숙하게, 짐 꾸리는 일에 도가 튼 사람처럼. 출장을 한두 번 다녀본 게 아니라고 허세를 좀 부리면서.

목적지는 알려주지 않아도 돼요. 그냥 따라나서는 편이 더 재미있을 것 같아요. 더 우리다울 것 같아요. 지금 우리 관계 같을 것 같아요.

가는 길엔 덜그럭거리는 낡은 기차를 타요. 그리고 책 얘기를 해요. 글 쓰는 일, 말을 옮기는 일에 관해서도 얘기해요. 하루에도 수십 개의 터널을 지나야 했던 시간과 결국은 돌고 돌아 발 딛고 선 지금에 대해서도 얘기해요.

목적지에 닿으면 무작정 걸어요. 그냥 걸어요. 휴대폰 지도도 보지 말고 어디로든 걸어요. 걷는 걸 징그럽게 좋아하거든요. 걷는 동안 손등이 스치기도 했다, 손바닥이 쓸리기도 했다, 손깍지를 맞추기도 했다, 빈손으로 돌아갔다, 결국 다시 서로의 손을 찾다.

밤별이 밝았을 테니 방 불은 켜지 말아요. 각자 맘에 드는 베개와 이불을 골라 노란 장판 위에 깔고 제일 편한 자세로 누워요. 나는 오른쪽으로 돌아 모로 누워요. 그럼 고개 돌려 눈을 맞추고 오늘 여행은 어땠는지 알려줘요. 지난 새벽 미처 하지 못한 이야기를 들려주세요.

그리고 우리 두 번 다시 보지 못한다 해도 오늘을 떠올리자 약속해요.

T에게 부쳐 2

1.

어떤 날은 해줄 수 있는 위로가 돈을 쥐어주는 손길이기도 했고, 눈빛이나 포옹이기도 했고, 늦은 새벽 전화를 기꺼이 받아주는 애정이거나 밤새 토닥거리며 체온을 나누는 일이기도 했다.

나눌 수 있는 건 나눠주고 싶은 것이 내 마음.

요즘은 술 없이 잘 자는지. 여전히 밤새 가슴팍을 토닥거려줘야 잠에 드는지. 나의 명란마요 자가비는 잘 보관해두고 있는지.

2.

나는 사실 술을 잘 못해. 술을 달고 사는 너랑 친해지고 싶어서 저 맥주 한잔 더 할래요, 하고 웃었던 거야.

나는 그런 순간들이 많았어. 친해지고 싶어서, 고개를 좀 더 오래 갸우뚱거리고 싶어서, 아는 걸 모르는 척하고 긴 걸 아닌 척하고.

친해지고 나면 사실은 아니었습니다, 짜잔, 하고 장난기 어린 목소리로 고백하고 싶었는데 어쩐지 그런 시간들은 오지 않더라.

그래도 네가 알려준 술집은 여전히 좋아해. 술을 좋아하는 친구들을 데려가. 좋아하는 친구들이 좋아하는 모습을 보고 싶으니까.

오늘도 거길 가려다 체력이 안 돼서 못 갔어. 자려고 누워서도 못내 아쉽네. 갈 때마다 네 생각을 해. 좋아할 뻔했던 사람이 알려준 술집에 좋아하는 친구들은 다 데려오면서 그 사람하곤 온 일이 없다고. 참 이상한 곳이라고.

나는 이만 잘게. 안녕.

묘비

그때도, 지금도,
유사연애도 진짜 연애도,
지나간 자리엔 결국 말라비틀어진 미래의 묘비만 잔뜩 서는 것을.

아무리 그립더라도, 돌아가지 않음을 실천할 것.
지나간 시간의 묘비 앞에 움막을 짓지 말 것.
담대할 것.
대담할 것.

La Petite Mort

우리는 서로의 가장 은밀한 곳까지 들여다보았음에도
서로에 대해 아무것도 알지 못한 채 헤어졌다.

●
30 is not the new 20

나와의 화해

사람을 만나면 만날수록, 연애 경험이 쌓이면 쌓일수록 늘어나는 건 연애 기술이 아니라 자신에 대한 지식이다. 나는 이런 인간이구나, 나는 여기까지밖에 못 하는구나, 난 이건 생각보다 담담하게 받아들일 줄 아는구나, 난 이건 도저히 견딜 수 없구나.

그런 까닭으로 자신과 화해하지 못한 사람은 타인을 온전히 받아들이거나 사랑할 수 없다.

Knock, knock

사랑은 어디서 언제 찾아올지 몰랐던 불청객을 기꺼이 내 삶에 들이는 일이라고 생각합니다.

삶에 불청객을 들일 수 있는 똘레랑스를 키우세요.

—

고로, 나는 네 인생에 불청객이 될 거얏!!!

Call Me by My Name

그들은 나를 뮤즈라고도 불렀으며 금홍이라고도 불렀다. 또 언젠간 마리아였으며 나나이기도 했다. 침대에서조차 내 말을 노트에 받아 적던 사람도 있었고, 나의 지나간 이야기 때문에 나를 사랑한다던 사람도 있었다. 한때는 그렇게 누군가의 뮤즈가 되는 것이 꿈이었는데, 정작 나에겐 얼굴 없는 뮤즈의 루즈한 삶만 남았다.

지금은 그냥 내 이름이고 싶어.

Well-aged

　인간은 숫자에 맞춰 살게끔 설계되어 있지 않다. 그게 시간이든, 나이
든. 달력이나 시계가 고안되기 이전에는 해와 달을 보고, 산과 들이 옷
을 갈아입는 모습을 보고, 별자리가 돌아오는 모양을 보고, 일어나 땅
을 고르고, 씨를 심고, 과실을 거둘 때가 되었구나, 판단했다고 한다. 무
슨 고릿적 이야기냐고 할지 모르겠지만 교육을 받기 시작해야 할 나이
나 합법적인 노동력으로 환산될 수 있는 나이는 산업사회로 전환된 이
후에 자리 잡은 개념이다. 두 가지가 어느 정도 충족이 되었다면 당연히
결혼을 해야 하고 아이를 낳아야 하니 (그래야 노동력이 재생산되니까) 그것
역시 대충 이쯤이라고 사회가 정해주기 시작한 것이다. 그렇게 사는 것
도 나쁘진 않겠지만—물론 요즘은 그렇게 사는 게 거의 불가능에 가깝
지만—'~할 나이'라는 표현에 얽매여야 할 이유는 없다. 스물엔 뭘 해
야 하고, 서른엔 결혼 준비가 되어 있어야 하고, 서른 중반엔 부모가 돼
야 하고.

　인생은 엔딩을 보기 위해 미션을 수행하는 게임이 아니지 않은가? 시
간이 모두에게 공평하다 한들 누구도 똑같은 24시간 365일을 보내지 않
는다. 당연히 나이의 숫자가 바뀌었다고 없던 능력이 갑자기 생긴다거
나 레벨업이 되는 것도 아니다. 원하는 때에 원하는 걸 하고 살기도 힘

든데 원하지도 않는 때에 원하지도 않는 걸 해내라고 스스로 채찍질 하며 체크리스트 늘려가는 건 너무 자기학대적인 삶 같다.

사람들이 인생은 마라톤이니 지금의 실패에 좌절하거나 절망하지 말라고 격려하는 것도 좀 웃기지 않나? 인생은 결승점에 다다르기 위해 내달리는 마라톤도 아니다(마라톤에선 결승점에 먼저 도착하면 메달이라도 받지, 인생은 먼저 갔다고 누구 하나 칭찬해주지 않는다). 우린 이생에서 각자에게 주어진 시간이 얼마나 되는지 모른다. 어디서 끝내야 하는지, 반환점은 언제 나오는지 아무도 알려주지 않는다. 세상에 그런 마라톤이 어디 있나?

솔직히 나는 내가 왜 사는지 잘 모르겠다. 그런 주제에 또 뭘 위해서 이렇게 열심히 사는지도 모르겠다. 눈이 떠지니 일어나고 졸리니 잘 뿐이다. 깨어 있으면 줄곧 외로워서, 외로운 걸 잊으려고 뭘 자꾸 한다. 우스운 이야기지만 외로움을 잊기 위해 몸부림치고 나면 남은 시간은 전부 외로움을 잊기 위해 몸부림쳤던 시간들을 적는 데 쓴다. 이런 걸 했더니 덜 외롭더라, 더 외로워지더라.

그렇게 보면 인생은 지도를 따라 그대로 달리는 마라톤이라기보단 내가 달려온 길을 거꾸로 바라보며 기록하는 과정 같다. 나보다 뒤에 시작한 사람들에게 이렇게 걸었더니 여기까지 와서 이런 걸 보게 되더라, 하고 기록을 남겨주면 나는 그걸로 내 몫을 다, 잘했다고 본다.

뉴욕으로 여행 갔을 때 일이다. 시차 적응을 못해 새벽같이 일어났고 빈둥거릴 만큼 빈둥거리고 공들여 채비까지 마쳤지만 미술관 개장까지는 여전히 한 시간이나 남은 상황이었다. 그냥 좀 걷지 싶어 섭씨 30도가 넘는 무더위에도 미술관까지 성실하게 걸었다. 처음 가보는 곳이었지만 반듯하게 난 도로를 따라 한눈 팔지 않고 착실히 걸었더니 예정보다 일찍 미술관에 도착했다. 그래놓고 정작 미술관 안에서 길을 잃었다. 고작 한 층 둘러봤을 뿐인데 다음 전시로 이어지는 계단이 보이지 않았다. 관광객인 주제에 관광객인 걸 들키고 싶지 않아서 아무에게도 묻지 않고 계속 전시장 가장자리를 되짚어가며 걸었다. 꼭대기로 올라가는 엘리베이터라도 타려고 어슬렁거렸지만 결국 실패하고, 하는 수 없이 비상구로 갔다. 그리고 거기서 허드슨 강이 한눈에 내려다보이는 풍광을 만났다. 친구들이 좋아해줬던 뉴욕 사진은 그곳에서 찍었다. 통유리창으로 보이는 허드슨 강과 부두의 모습이 여느 작품 못지않았다. 그 모습을 감상하느라 볕이 쏟아지는 계단참에서 한참 넋을 놓고 서 있었다. 나의 뉴욕 여행을 사진 몇 장으로 정리해보라면 그 장면은 아마 top3 안에 들 것이다.

여행에선 길을 잃는 것이 좋다. 사실 아는 길도 없는 주제에 길을 잃는다는 말은 어폐가 있지만. 한 가지 확실한 건 밟아본 만큼 내 땅이 된다는 것이다. 낯선 방향으로 발길을 돌릴 때마다 내 지도는 매분 매초 새롭게 쓰인다. 원하든 원하지 않든 우리는 그런 식으로 우리만의 지도를 만든다.

이 여행의 목적도, 의미도 잘 모르겠지만 시작했으니 끝까지 걸어보는 수밖에 없다. 멈추자니 너무 외롭잖아. 단, 시계는 보지 말고.

너 같은 딸을 낳아보라는 사람들에게

저는 제 아이도 사회학을 공부하면 좋겠어요. 자기가 진보인지 보수인지 고민하는 사람으로 자랐으면 좋겠고 사실 세상은 그보다 더 다양하다고 반박할 수 있는 사람이면 더 좋을 것 같아요. 그리고 사는 게 다 그런 거려니 당연시하거나 주어진 상황에 순응하려는 태도를 경계하는 사람이면 좋겠어요. 세상은 쉽게 바뀌지 않는다는 패배의식과 싸울 줄 아는 사람이면 좋겠어요. 그저 살아감에 일말의 부채의식이나 죄책감을 느끼는, 행동하는 사람으로 성장하면 좋겠어요. 논리적으로 사고하되 문학적 소양, 기왕이면 글 쓰는 습관과 상상력, 공감 능력을 갖춘 사람이면 좋겠고요. 엄마는 한참이나 멀었지만, 자기소개 할 때 자신은 사회학 전공자임을 언급하는 멋있는 사람들이 세상에는 참 많다는 걸 아이에게 꼭 알려주고 싶어요.*

---

* 만에 하나 아이를 기를 일이 생긴다면요…. 그리고 사실 영어도 했으면 좋겠고 하는 김에 프랑스어도 하면 좋겠는데….

서울 탱고

야근을 끝내고 택시로 퇴근했거든. 여의도에서 집으로 가는 길엔 꼭 강변북로를 지나. 그럼 그 십여 분 동안 넋 나간 얼굴을 차창 가까이 가져다 대고 밤을 집어삼킨 한강을 바라봐. 나는 새까만 한강만 보면 그렇게 울고 싶더라고. 어디가 물이고 뭍인지 분간도 되지 않을 만큼 새까만 물 위로 불빛이 일렁이는 걸 보면 예뻐서 울고 싶고, 아름다워서 울고 싶고, 좋아서 울고 싶고, 외로워서 울고 싶고, 아쉬워서 울고 싶어. 그냥 울고만 싶어.

나는 너무 자주 울고 싶은데 낮엔 잘 못 울고 꼭 밤에만 울어서, 누가 있을 때도 잘 못 울고. 까만 한강을 보면 정말 목 놓아 울 수 있을 것 같은데 차도 없으니 택시를 잡아타고 강변북로나 나가야 그 야경을 볼 수 있잖아. 그게 그렇게 드문 기회인 거야. 그래서 그렇게 밤 같은 한강만 보면 더 울고 싶나 봐. 오늘도 목청껏 울고 싶은 걸 또 겨우 참았네.

외로움의 속도 초속 20,000킬로미터

1.

오늘 하나도 모르는 사람 열두 명과 술을 마시고, 술을 마시다 말고 자리에서 일어나 어디서 났는지 모를 마이크를 쥐고, 노래를 부르고, 춤을 추고, 술에 취한 너를 택시에 태워 보내고 새벽 두 시가 넘어서야 집에 왔다. 택시기사님들이 매번 골목까지 올라가자고 하면 한숨을 푹푹 쉬니까*, 오늘은 좀 큰길가에서 내렸는데, 마침 음식물쓰레기 수거 트럭이 언덕에서 내려오고 있었다. 겨울엔 상관없는데 여름엔 악취가 대단하다. 정말 십 리 밖에서도 쓰레기 수거 시간이구나, 알 수 있다.

외로움에도 그런 냄새가 있는 것 같다. 지구 반대편에서도 맡을 수 있는 냄새. 외로움의 지독한 악취.

2.

나는 그 냄새를 육감으로 감지하는 재주가 있다.

10대 때도 어렴풋하게나마 알고는 있었다. 좋아했던 애들은 모두 정적이고, 말수가 없고, 친구도 별로 없었다. 쉬는 시간이면 주로 창가에

---

* 남자 손님이 그래도 한숨 쉬실 건가요?

오도카니 서 있는 애들. 하필 좋아해도 꼭 그런 애들을 좋아해서 마음 얻느라 눈물 콧물을 다 쏟았지. 그래도 그땐 모집단이 적으니까 정규분포가 그려지는 정도는 아니었다.

20대 초반에 내 재능은 싹을 보이기 시작했다. 유난히 눈이 가는 친구가 생기면 다사다난한 과거를 가진 사람인 경우가 많았다. 가까워지고 나서 각자의 속사정을 털어놨다기보다 서로 본능적으로 알아봤다. 그래서 가까워질 수 있었다. 순탄하지 않은 어린 시절을 보낸 친구들은 무방비 상태일 때 몸짓이나 눈빛이 달랐던 것 같다. 대화에 끼지 못할 때 표정, 앉은 자세, 사람들의 만담 속 웃음 포인트 같은 걸로 그 친구들의 과거를 어림짐작할 수 있었다. 다복한 가정에서 자란 아이들은 표정이나 자세에도 자신이 받고 자란 사랑이 듬뿍 묻어난다. 그런 것엔 늘 이질감을 느꼈다. 이미 내가 이 생에선 가질 수 없는 성질의 아우라라 차마 부럽다는 생각도 못했다. 나는 인정과 포기가 빠르니까. 그리고 이질감은 곧 모골이 송연해지는 불안감으로 대체됐다. '아, 내 눈에 보이는 거면 다른 사람들 눈에도 내 불행의 흔적이 보이겠구나.' 아차 싶었다. 방심해선 안 된다고 되뇌었다. 내 환경을 부정하진 않겠지만 굳이 드러내놓고 다닐 필요는 없으니까. TV 속 부모들이 왜 자식들에게 '평범한 가정에서 자란 아이'를 만나라고 딸내미, 아들내미 등짝을 후려치는지 알 것 같았다.

나한테도 같은 냄새가 나겠지. 그럼 나는 탈락인가.

20대 중반에는 확신했다. '아, 나는 외로움의 냄새를 기가 막히게 아는구나.' 친구도, 남자친구도, 독특한 환경에서 자란 사람들이 많았다. 그게 친구일 땐 사실 크게 문제가 되지 않는데, 사랑과 관심을 어색해하는 상대와 사랑에 빠지면 답이 없다. 그런 사람들은 주변에서 주는 관심도 다 받지 않으면서 끝없이 외로워한다. 사람뿐 아니라 감정에도 이상형이 생겨서, 자신이 정해놓은 사람에게 원하는 형태로 애정을 확인받지 못하면 외로움의 구렁텅이로 빠진다. 자신을 패배자로 생각한다. 그 좁고 깊은 구덩이에 빠져 시야가 좁아진다. 한때는 그런 사람**과 사랑에 빠지면 견고한 '우리만의 세상'이 생기는 줄 알았다. 기꺼이 우물 안의 다정한 개구리 한 쌍이 되겠노라, 다짐했었다. 이젠 그게 건강한 관계가 아니란 걸 안다. 그래서 조심하고 또 조심한다. 아니, 그땐 내가 우물보다 큰 줄 몰랐지 뭐야. 그리고 난 습한 건 딱 질색이더라고.

30대인 지금도 외로움 레이더는 여전히 작동 중이다. 대신 이젠 적정 거리를 정한다. 내가 타인의 외로움을 어디까지 감당할 수 있는가? 내 그릇의 크기를 아니까 섣불리 우물 안으로 발을 내밀지 않는다. 그리고 혹여 내가 누군가의 물귀신이 될까 싶어 홀로 행복하기 위해 고군분투 중이다. 나 자신과 사이좋게, 화목하게 지내는 게 생각보다 녹록하지 않지만 조금씩 안정을 찾고 있다. 이젠 내 속에 너무 많은 가시나무 가지 사이로 바람이 스치는 게 느껴진다.

다만, 내게도 여전히 그 냄새가 나는지, 그건 조금 궁금하다.

** 대표적으로 나.

미워할 용기

1.

엄마를 부정하며 자라는 딸들에게,

어쩌면 우리에게 정말 필요한 건 미워할 용기일지도 모른다.

2.

엄마를 보면 늘 양가적인 감정이 들어 괴롭다.

인간으로서, 여자로서, 처절하고 불운하기 그지없는 삶에 대한 동정,

그렇기에 더욱 내 출신을 부정하고 싶은 마음.

3.

엄마는 20년 가까이 딸 둘을 혼자 키웠다. 억척스럽게 살았고 당신이

할 수 있는 최선을 다해 우리를 길렀다. 엄마를 늘 대단한 여자라고 생

각하며 살았다.

하지만 엄마와 달라지고 싶다. 어떻게든 다른 삶을 살고 싶다. 가족이

라는 허울뿐인 이름으로 혈육이 내게 휘두르는 폭력을 참지 않을 거고,

배우자의 경제적 무능함과 반려자로서의 직무유기를 아이들 핑계로 참

지 않을 거고, 좋은 게 좋은 거라는 주먹구구식 회유의 탈을 쓴 세상이

내게 불합리를 가하면 반기를 들 것이다.

다른 누구도 아닌 엄마가 그렇게 가르쳤다. 당신의 인생을 통째로 바쳐 그렇게 산 결과가 어떤 것인지 몸소 가르쳤다.

4.

나는 친가와 외가를 통틀어 처음으로 대학 졸업장을 땄다. 외할머니는 서울로 유학을 와 숙대를 다니다 그만두셨다는데, 사실인지 아닌지 알 방법은 없다. 그 외엔 대학을 간 사람이 없다. 아무도 공부에 흥미가 없었고 소질이 없었다. 그래서 내 주변엔 공부나 진학 상담에 도움을 줄 어른이 없었다. 다들 먹고사는 일을 삶의 최고 가치로 쳤다. 먹고사는 일은 장사가 해결해줬다. 특히나 이모할머니가 그 최전선에 있었다. 이모할머니네는 동네 식당 밥상을 책임지는 상회이기도 했고, 대형 마트가 생긴 뒤론 분식집이 되기도 했다. 그 뒤엔 가을마다 집 나간 며느리를 유혹하는 전어집이 됐다. 엄마도 아빠도 사무직에 종사하는 사람들은 아니었다. 그런 어른들만 보며 자랐다. "공부 열심히 하라"는 말은 명절에 모인 친척들에게 덕담으로 듣는 정도였지, 딱히 공부로 스트레스 주거나 닦달하는 사람은 없었다. 큰딸에게 모든 희망을 걸었던 엄마조차 시험 문제를 두 개 이상 틀려올 때 매질을 하는 것 말고 곁에서 같이 책을 읽어준다든가, 틀린 문제를 봐준다든가, 그런 밀착형 교육을 실천하는 학부모는 아니었다.

어려서는 도리어 그런 방임형 양육방식이 무서웠다. 더 챙겨주면 좋겠는데, 다른 친구들처럼 뭘 더 시켜주면 좋겠는데, 잔소리라도 좋으니 조언을 해줄 사람이 있었으면 좋겠는데, 내가 어디로 가야 하는 건지 아무도 알려주지 않았다. 나는 김씨와 오씨 피를 물려받은 사람인데, 결국 나도 먹고사는 일에만 빠져 살진 않을까? 딸은 엄마 팔자 닮는다는데 진짜면 어떡하지. 나도 그 삶에 머무르는 건 아닐까? 불안했다.

물론 단 한 번도 부모님의 삶을 우습다거나 부끄럽다고 생각해본 적 없다(답답하단 생각은 자주 했지). 엄마는 대단한 인생을 살아냈다. 하지만 엄마가 대단한 건 인생이 던져대는 운명이란 고약한 돌팔매질을 끝까지 버텨냈기 때문이지 엄마가 원하는 삶을 살았기 때문이 아니다. 엄마의 삶은 내가 살고 싶은 혹은 살 수 있는 종류의 삶은 아니다.

나도 공부에 큰 뜻은 없었다. 그림을 그리고 싶었으니까. 안타깝게도 난 열두 살에 내 재능 없음을 깨달았다. 나는 살리에르구나. 자신의 능력을 객관적으로 판단할 줄 아는 열두 살이었다.

불행인지 다행인지 주입식 교육에 완벽하게 부합하는 암기력 덕분에 중고등학교 모두 전교 10등 밖으로 밀려나지 않았다. 친구들과 놀고 싶어 학원에 다닌 적은 있지만 모두 합쳐 반년을 넘기지 못했다. 학원에서 등반을 권유하거나 (보통 상급반은 학원비가 더 비쌌다. 이런 경우엔 내가 먼저 "학원 재미없다"고 변덕부리는 척하며 그만뒀다) 엄마가 학원의 필요성에 대해 언급하면 군말 없이 그만뒀다. 엄마는 시험기간이 지나면 피아노 학원을 그만뒀을 때처럼 "학원에 꼭 다닐 필요가 있느냐"고 물었다. 세상엔 대답이 필요 없는 질문도 있지 않은가. 학원을 그만둘 때마다 원장선생님은 나를 "하면 잘할 텐데 자꾸 '샛길'로 빠지는 학생"이라고 걱정했다. 멈추고 싶어 멈춘 게 아니었지만 내 대답을 들어줄 사람은 없었다.

물론 그렇다고 조용한 모범생으로 산 건 아니었다.

중학교 졸업식을 앞두곤 대안학교에 가겠다고 선언했다. 인문계엔 관심 없고, 그렇다고 뜻 없는 공부는 하고 싶지 않다고. 나는 내가 좋아할 수 있고 잘할 수 있는 걸 찾고 싶다고. 엄마는 당연히 반대했다. 그래? 그럼 우리 집은 가정형편이 어려우니까 기술을 배울게. 장학금도 받을 수 있다니 상고에 가면 되겠네. 엄마는 넋이 나간 표정으로 날 쳐다보더니 한 번만 더 허튼소리 해보라고 협박했다. 엄마도 당신의 딸이 당신과 비슷한 길을 걷는 건 원치 않으셨던 것 같다. 하지만 어느 고등학교에 가든 내 길을 찾는 게 더 중요한 거 아닌가? 엄마는 그럼 묘수라도 있나? 결국 홧김에 엄마 몰래 선복수 추첨에 지원했다. 될 대로 되라지, 내 맘대로 하겠다, 해서 한 시간 거리의 고등학교에 배정받았다.

고등학교에선 대학에 안 가겠다고 했다. 선생님들이 돌아가며 상담을 해주셨다. 수업시간에도 전 대학 갈 생각 없는데요, 하며 거들먹거렸다. 진심 60퍼센트, 방어기제 40퍼센트였다. 사람들의 기대가 무서웠다.

고등학교 때도 내신은 좋았다. 학교 시험이야 달달 외워서 보면 되는 거였으니까. 하지만 모의고사는 달랐다. 모의고사 성적은 늘 내신보다 아래였다. 다들 내가 SKY라도 갈 줄 아는데, 이래선 선생님이나 반 친구들이 기대하는 대학에 갈 수 있을 것 같지 않았다. 당시 내 존재감을 증명해주는 건 성적이 유일했다. 성적이 떨어지기라도 하면 학교에서도, 친구들에게도 별 의미 없는 사람이 될 것만 같았다. 게다가 하고 싶은 전공도 없는 채로 무작정 점수에 맞는 대학, 커트라인을 넘는 전공에 들어가는 것도 무의미하다고 생각했다. 아예 대학에 흥미 없는 척을 하면 나중에 수능을 망쳐도 덜 창피하지 않을까? 면이 서지 않을까? 그런데 정말 대학에 못 가면 어떡하나, 아무것도 아닌 사람으로 끝나면 어떡하나, 지레 겁을 먹고 앞으로 나가지도, 뒤로 물러서지도 못했다. 서울로 유학까지 다녀올 정도로 귀하게 자란 탓에 가세가 기우는 와중에도 해본 일이라곤 환놀이가 전부였다는 외할머니나, 시집가신 이후 줄

곧 가겟방에서 눈 뜨고 가겟방에서 잠든다는 이모할머니처럼 오씨 집안 여자들의 팔자를 유산으로 물려받을 것 같았다. "네가 하고 싶은 걸 하고 살려면 공부를 하라"던, 당신은 그러지 못해 아빠를 만났고 결국 거기서 주저앉아 나의 엄마가 된 게 퍽 괴로웠던 듯한 모친의 말이 예언처럼 머릿속을 떠돌았다.

하지만 이런 내적 갈등과 괴리감을 털어놓을 사람이 없었다.

자신에게 주어진 선택지를 충분히 살펴보고, 고민하고, 결정하기에 대한민국의 열일곱 살은 시간도 경험도 부족했다.

그러다 이민 얘기가 나왔다. 이민이라기보단 도망에 가까웠다. 엄마는 당시 경제적 압박으로 벼랑 끝에 매달려 있었다고 한다. 우리에게 티내지 않으려고 최선을 다 했지만, 비밀은 숨기려 노력하면 노력할수록 겉으로 드러나게 된다. 엄마는 당장에 다 같이 가는 건 어려우니 나부터 보내겠다고 했다. 애매한 시기였다. 고2 말, 추석쯤이었다. 나는 갈 생각도 없던 한국 대학이 갑자기 간절해져서는 수시 합격하고 가도 되지 않느냐고 볼멘소리를 냈다. 뭐든 하기 전에 플랜B부터 구상하는 건 예나 지금이나 똑같네. 엄마는 그땐 너무 늦다고 했다. 그래, 영어 일쩍 배워서 나쁠 게 뭐 있겠어. 다시 한번 엄마 뜻이 내 뜻인 듯, 조용히 학교를 그만뒀다. 그런 연유로 어정쩡한 시기에 떠밀리듯 유학을 갔다.

하지만 그때부터 엄마의 시나리오와 전혀 다른 전개가 펼쳐졌다.

가족들과 물리적으로 멀어지고 나니 미국에선 돈 걱정도 덜하고, 엄마 눈치도 덜 봐도 됐다. 미국 친구들은 이미 알바를 하며 생활비를 벌고 있었고, 공부하고 싶은 전공과 대학까지 모두 정해둔 상태였다. "피카소 같은 재능이 없어서"라든가 "전교 30등 안에 들지 못해서" 하고 싶은 일을 포기한다거나 절망하는 친구들은 없었다. "하면 되지 뭐가 문제야?" 어쩜 하나같이 다 그렇게 낙천적인지. 그런 애들 곁에 있으니 낙천주의가 나한테도 옮더라. 아메리칸 드림이라지 않은가. 그래서 다시 미대의 꿈을 키웠다. 가구 디자인을 하기로 마음먹었던 것. 미술반 선생님도 충분히 소질이 있다며 적극 지원해주시고 응원해주셨다. 엄마에겐 말하지 않았다. 더는 그만 포기하고 싶었다. 그게 누가 되었든, 무엇이 되었든 내가 아닌 외부의 요인으로 나를 부정하는 일은 그만하고 싶었다. 나도 주체적인 선택을 내릴 수 있는 사람이야, 일단 시작하면 잘 할 수 있어, 믿음이 생겼다. 쟤네도 하는데 내가 왜 못해. 안타깝게도 미국 대학 진학의 꿈은 좌절됐지만* 거기서 주저앉진 않았다. 어디 인건 중요치 않으니 공부를 하겠다며 가족들 몰래 한국으로 돌아왔고 친구네 집에 얹혀살며 뒤늦은 대학 입시를 준비했다. 그리고 무사히 사대문 안에 있는 대학에 진학했다. 엄마를 포함한 가족들에게 어느 대학에 어느 전공을 지원했는지는 합격 후에 알렸다**.

---

* 미국에서 나의 법적 대리인이었던 친척 할머니(a.k.a 마귀할멈) 덕분에 졸업과 동시에 신데렐라의 호박 마차처럼, 인어공주의 물거품처럼 눈앞에 사라져버린 꿈. 이 할머니 덕분에 고등학교 졸업 후 비자 문제가 꼬이면서 미국 대학 입학이 아예 불가해졌다. "미국에 살면서 시민권자 남자 만나 결혼하고, 공부는 그때 해도 늦지 않잖아." 공부하고 싶다고 울던 내게 엄마가 건넸던 말이다. 아직 모르는 게 산더미 같은데, 친구들이 배우는 동안 이렇게 최저시급 알바나 전전하며 살고 싶지 않다고 악을 쓰며 울었다. 그때부터 모든 일을 혼자 결정하기 시작했다.

** 나중에 들은 얘긴데, 동생이 고3일 때, 엄마는 "언니를 억지로 미국에 보내지 않았다면 연대도 충분히 갔다."라며, 언니 학교보다 낮은 데 갈 생각은 추호도 말라며, 겁을 줬단다.(우리 학교가 뭐 어때서. 흥.) 엄마 성에 차진 않았겠지만 나는 내가 고른 대학에 들어가 평생의 자랑으로 간직할 전공을 공부했고, 수석으로 졸업했다. 미술을 다신 할 수 없었지만 내겐 없는 재능으로 아름다운 걸 만들어내는 친구들을 만났다. 그리고 그 친구들과의 인연 덕분에 번역사 이력이 시작됐다.

유학을 다녀온 후로 내 안에는 아보카도 씨처럼 단단한 무언가가 자리 잡기 시작했다.

'누가 이끌어주지 않더라도, 쓸모 있는 조언을 해주는 어른이 없더라도, 내 삶에선 내가 결정하고 내가 책임지면 돼.'

어설프게라도 비로소 홀로 선 느낌이었다. 여기서부터의 나는 우리 가족과 다르다. 다를 수 있다. 이렇게 가족들과 물리적으로 떨어져 살다 보면 '팔자의 저주'가 나만큼은 빗겨갈 수도 있겠다. 그런 안도감과 자신감.

이젠 내가 뭘 잘 하는지, 뭘 좋아하는지, 뭘 해야 하는지 잘 안다. 여기까지 딱 28년 걸렸다. 그리고 열심히만 한다면 난 우리 집에서 최초로 석사학위를 딴 사람이 되겠지.

그 오랜 시간 스스로의 가능성을 부정하고, 체념하고, 자괴감에 시달렸다. 거기서 벗어나려고 발버둥치며 살았고, 그 결과 엄마와는 점점 멀어지고 있다. 물리적으로도, 정서적으로도. 하지만 엄마가 소원했던 대로 나는 엄마와 달리 내가 하고 싶은 일을 하고 있다. 지금 하는 일을 더 잘 하고 싶어 계속 공부한다. 당신처럼 살지 말라던 엄마의 오랜 염원에 따라, 오로지 어느 누구의 삶도 물려받지 않겠다는 간절함에 매달려.

정말이지 엄마 말대로 살고 싶다.
그래서 엄마와, 가족들과, 다르게 살고 싶다.

능금관 고흐

수업시간에 문예창작과 학우분이랑 얘기를 할 기회가 있었다. 대화 도중에 그분이 난데없이 사회학과는 취업을 어디로 하느냐고 물었다. 저희는 아무데나 다 가죠 뭐, 하고 웃었는데 본인은 리서치 회사에서 일하고 싶다 했다. 문창과는 등단하거나 광고회사, 출판사 쪽으로 나간다기에 나는 문창과야말로 진로에 관해서 특수화되어 있는 과가 아니냐고 되물었다.

그분은

"미대에 간다고 다 고흐가 되는 건 아니잖아요."

하고 웃으셨다.

나는 순간 세상 물정 모르는 어린아이가 되어 괜히 미안해졌다.

선생님, 나의 선생님

1.

학부시절 내가 너무도 좋아하고 따랐던, 그래서 차도 얻어 마시고 밥도 얻어먹었던 H쌤은 학생들에게 저마다 후광처럼 피어나는 색이 있어 당신은 그 색으로 학생들을 기억한다 하셨다.

그 얘기를 들은 우리는 당연히 반짝거리는 눈으로 "저희는 무슨 색이에요!?"라고 물었고 선생님은 내게 "나연 학생은 모자이크 같습니다. 한 가지 색이 아니라 되게 여러 가지 색이 함께 보입니다." 하셨다.

감동받아서 그 자리에서 울 뻔했잖아.

2.

선생님을 뵐 때마다 다시 물었다. 지금 저는 여전히 모자이크인가요.

졸업 후 처음 뵀을 때, 나는 회사 일에 회의감을 느끼고 대학원 진학에 관해 고민하고 있었다. 대학 4년 동안 훈련받았던 '사유하는 인간'으로서의 자아가 직장인으로 사는 동안 조금씩 소멸했다는 생각이 들어 자괴감은 하늘에, 자존감은 바닥에 붙어 있었다. 선생님은 나를 가만 응시하시다.

"음, 아니요. 지금은 연보라색 같네요." 하셨다.

나는 연보라가 다 뭐냐며, 모자이크 같았던 시절이 그립다고, 조금 유별나도 그래서 특별했던 시절이 그립다고, 작게 투덜거렸더니 선생님이 또 그러셨다.

"사람이 변한다는 건 나쁜 게 아닙니다. 한 가지 색으로 모아지는 건 자연스러운 거예요. 그리고 평생 모자이크로 살 수 없습니다. 그럼 팔십도 못 살 겁니다."

그리고 선생님은 다음과 같은 말을 덧붙이셨다.

"지금 나연에게 필요한 건 공부와 좋은 연애인 것 같습니다. 공부가 도움이 될 것 같아요."

그날 선생님의 말씀에 이상한 용기를 얻었다. 승인을 받은 느낌이었달까? 그리고 결심했다. 대학원에 가야지, 원래 내 모습을 찾아와야지.

소원하던 대학원 합격 후, 비록 전공은 달라졌지만 공부를 하는 제자로 다시 찾아뵙게 되어 기쁨을 금할 길이 없었다. 합격 소식을 들려드리기 위해 만난 자리에서 내 구구절절한 사연을 풀어놨다. 퇴사와 동시에 백수 가장으로 진급, 재수와 이직, 대학원 합격에 이르기까지의 이야기를 늘어놓다 문득 선생님 얼굴을 올려다봤다. 선생님은 표정이 굳어계셨다. 최대한 가볍게 얘기해보려고 했는데, 괜히 불편한 얘기를 꺼냈나 싶어 걱정도 되고 쪽팔리기도 해서 괜히 내 상황을 희화화하기도 하고 광대처럼 웃기도 했다. 내 말이 끝날 때까지 묵묵히 고개만 주억거리시던 선생님은 갑자기,

"근데, 나연, 이거 슬픈 얘기 아니에요? 힘들지 않았어요? 힘든 얘기 할 땐 웃지 않아도 됩니다. 나연, 이럴 땐 울어도 돼요."

그때 내 표정이 얼마나 빠르게 무너졌는지 잘 기억나지 않는다.

"그런데 하고 싶은 걸 하게 돼서 그런지 지금은 정말 많이 안정된 표정이에요. 많이 편안해졌네요. 지금은 약간 나연 머리칼* 같은 색깔입니다. 2년 전엔 보라색 같았는데. 바디감이 묵직한 사람이 됐어요."

흑흑. 선생님의 가르침을 받아 로마네 꽁띠** 같은 사람이 되겠습니다. 흑흑.

3.

"선생님, 그때 제가 했던 말 기억하세요? 사유하는 인간으로 살고 싶다고? 그러고 나서 혼자 그랬거든요. 만 서른이 되기 전에 반드시 학교로 돌아가자. 근데 이렇게 진짜 학교엘 가네요."

"그러고 보니 나연은 나연이 한 말을 지킨 거네요?*** 대단하군요. 자랑스러워 할 만한 일입니다. 정말이에요. 자랑스러워해도 돼요, 나연."

4.

그날, 천방지축 제자에게 늘 상냥한 조언을 들려주신 선생님께 근사한 식사를 대접하고 싶었다. 나도 어엿한 사회인이고 선생님도 내 모교를 떠나셨으니 "제가 저녁을 대접하겠노라" 호기롭게 연락을 드리기도 했고.

하지만 막상 식당에 들어가니 선생님은 "나연 먹고 싶은 것 맘껏 먹

---

* 당시 뿌염이 시급한 적갈색이었다.
** 로마네 꽁띠는 프랑스 부르고뉴 지방에서 매년 평균 4,500상자(5,400병) 안팎으로 소량 생산되는 만큼 수집가들 사이에서는 사고 싶어도 구할 수 없는 와인으로 통한다. 올드 빈티지 가격이 한 병에 4천만 원이 넘는다.(출처: http://chosun.com/tw/?id=biz*2015111102960)
*** 책을 내고 싶단 얘기도 했었는데, 독립출판물을 만들고 (안에 무슨 얘길 적었는지 새까맣게 잊은 채로) 선생님께도 한 권 선물해드렸다. 선생님은 '다소 당황했으나 재미있었다'고 해주셨다. 후후후. 사실 사제관계 끊기는 줄…

어요." 하시는 게 아닌가.

"선생님, 저 이제 4년차 직장인이라고요. 이 정도는 살 수 있어요!"

선생님은 웃으시더니,

"그럼 대접은 나연이 해요. 계산만 제가 하겠습니다. 그래야 제가 마시고 싶은 와인을 편히 마실 수 있거든요."

하. 진짜. 선생님 최고.

거기서 거기

1.

나와 맞는 사람이란 게 많이 만난다고 찾아지는 게 아니더라고. 오히려 그 반대야. 이상형이란 게 사람을 만날수록 복잡해지기만 해.

2.

앞서 말한 나의 사랑, 너의 사랑, 학부 교수님께 연애와 결혼에 관해 여쭤본 적이 있다. 교수님은 당연히 당신도 완벽한 사람이 아닌데 학생들은 모르는 인간적 허점이 있다면서, 그래도 당신의 아내는 이런 부분에 있어 매우 현실적인 사람이라 본인을 선택해주지 않았나 싶다고 설명하셨다.

당시 사모님에게는 연인 혹은 미래의 배우자가 반드시 갖추어야 할 조건 한 가지가 있었는데, 그것은 바로 비흡연자일 것. 다행히 교수님께서는 흡연자가 아니셨다고. 교수님은 "물론 그렇다고 그 외 부분에서 100점이냐면 그건 또 아니겠지만 나머지가 평균 이상으로 판정되어 남편이 될 수 있었던 것 같아요." 하며 웃으셨다.

그러니 나연, 절대 타협할 수 없는 한 가지만 가지고 있어요. 결국 사람은 거기서 거기입니다.

저는 그 한 가지가 침대에서 독서와 섹스를 얼마나 즐겁게 할 수 있는가 인데요, 라고 차마 말하지 못해 억울했던 제자.

나르시시스트로 늙음에 대하여

1.
자기애는 평생의 로맨스*

2.
정준하 말대로, 나는 아침에 일어나면 내가 어젠 SNS에 무슨 쉰소리를 했는지 내 피드를 보는 것으로 하루를 시작한다. *^^*

3.
나는 나를 몹시 매우 많이 좋아하는 편인데,
균형을 맞추기 위해 습관적으로 자기 객관화하거나 스스로에 대해 의심해본다. 좋아한다고 봐주고 싶지 않다. 나는 나를 똑바로, 균형 잡힌 인간으로 키우고 싶다.

4.
언제부턴가 거울을 보면 몇 해 전까진 전혀 몰랐던 여자가 날 바라본

---

* 오스카 와일드, 『Phrases and Philosophies for the Use of the Young』

다. 이렇게 나이 들 줄 몰랐다. 젊다, 늙었다, 의 문제가 아니라 정말 낯설다. 누구시더라, 하고 가만히 들여다보고 찬찬히 조목조목 뜯어보고. 이게 나였구나, 아쉽기도 하고 애틋하기도 하다. 분명 어제 거울 속에서 만난 사람을 보고도 '애가 작년에도 이 얼굴이었던가?' 갸우뚱거렸는데. 하루하루 속절없다.

마흔의 나도 이러고 있을까?

조금만 천천히.

가사분담

1.

엄마는 동생을 낳은 뒤 1~2년을 제외하곤 평생 직장생활을 했다. 외가 식구들도, 아빠도 경제적으로 무능했고, 그런 가정에서 자란 사람이 그런 남자를 남편으로 고른 탓에 등 떠밀려 시작한 '사회생활'이 집안일보단 엄마 적성에 더 잘 맞았다고 한다. 사무직 말고 은행 텔러나 보험설계사 같은 거. 물론 그게 꼭 인과관계를 갖는 건 아닌데, 그래도, 엄만 집안일에는 진짜 재주가 없다. 요리를 한번 하면 부엌은 카운터부터 바닥까지 난리고 빨래 개어 넣는 것 이상으로 옷장을 정리하는 건 평생 본적이 없다. 계절이 바뀌면 커튼을 바꿔 달고, 이부자리를 갈고, 니트류는 모조리 같은 크기로 개서 색깔별로 정리하고, 설거지가 끝나면 마른 행주로 그릇을 닦아 뒷정리하는 사람들을 TV에서 보고 적잖이 놀랐다. 말 그대로 문화 충격이었다.

한번은 "아니 엄마는 도대체 왜 설거지하고 그릇도 제대로 못 엎어놔?" 하고 잔소리를 했더니 "난 나가서 돈을 벌면 벌었지 집안일은 너무 싫어."라는 대답이 돌아왔다.

2.

딸은 엄마 팔자 닮는다는 말을 세상에서 제일 싫어하는 내가 요즘 가

장 자주 하는 생각은 '저 나가서 돈 열심히 벌 테니까 저녁만 좀 차려주실 분…'

Life is full of tragic comedies

　사는 거 너무 어려운 게, 돈도 벌어야 하고, 공부도 해야 하고, 책도 봐야 하고, 잠도 자야 하는데 그 틈틈이 음식물 쓰레기도 버려야 하고 날짜 맞춰 분리수거도 해야 돼.

Happily Ever After

나는 너무 행복하면 그대로 죽고 싶다는 생각이 든다. 삶이 버거울 땐 다 버리고 도망치고 싶었지만 정말 눈물 나도록 행복한 순간엔 그대로 숨을 거두고 싶었다. 더 행복한 것은 바라지도 않으니 제발 여기서 이대로 그만. 낙담도 아니고, 지금보다 더 행복하기 힘들 미래의 내가 지금의 나에게 느끼는 상대적 박탈감도 아니고, 삶을 포기하고 싶은 절망감도 아니다. 삶을 종료하는 방식을 선택할 수 있다면 바로 그 순간 종료 버튼을 누르고 싶다는 기분인데. 너무 재미있는 게임이었고 가장 만족스러운 엔딩을 봤으니 인제 그만, 이 정도면 충분했어, 라고 생각하는 순간의 만족감.

물론 그 정도로 행복한 순간이 많지 않았기 때문에, 그리고 삶에 대한 애착이 강하기 때문에 아직 살아 있다. 종종 D와 함께 갔던 클로이스터가 떠오르는 날엔 그날 죽었으면 어땠을까, 싶어진다. 가장 행복한 순간이 채 기억으로 새겨지기도 전에 나의 의식은 종료되겠지.

나는 그걸 바랐는지도 모르겠다. 죽어야 완성되는 해피 엔딩.

—

지은이는 선유도를 다 돌고 나서 대뜸 "언니, 언니가 죽으면 진짜 많이 슬플 것 같아요." 한다. 나는 그 말이 좋아서 "그래. 그럼 내 장례식장 와서 많이 울어." 하고 철딱서니 없는 소릴 한다. 결혼식은 소박하고 장례식은 시끌벅적했으면 좋겠다.

사연부심

1.

이 나이 먹고 인생에 사연 하나 없는 사람이 어디 있겠어? 그렇지? 하지만 그렇다고 사연부심, 불행부심을 부려선 안 돼. 내가 세상 제일 불행했고 내가 세상 최고 자수성가, 개과천선 인생이라고 재는 건 바보 같은 짓이야. 사연은 그런 게 바보 같다는 걸 배우라고 있는 거야.

2.

나는 가끔 내 발목에서 아주 묵직하고 긴 사슬이 철컹대는 소리를 들어. 태어나는 순간부터 내 발목을 잡고 늘어져 있던 것들. 사다리를 정말 열심히 올라왔으니까 이쯤이면 다 녹슬어 저 혼자 끊어졌겠거니 안심했는데, 안도의 한숨을 내쉴 때마다 한 번씩, 쇠고리끼리 부딪히며 내는 소리가 메아리처럼 멀리서 들려와. 이게 진짜인지 환청인지 구분도 안 가. 그때만큼 살아온 날들이 끔찍할 때가 없어.

3.

인생은 진짜 독고다이야, 그지?

기호식품

요 며칠 생각했던 건데,
나는 술, 담배를 안 하잖아.
그 대신 욕을 하는 것 같아.

그러니까 나한테는 욕이 기호식품인 거야.
1도 좋은 게 아니라는 건 아는데, 그래도 때마다 한 번썩 해주면 내
(언어)생활이 풍요로워지는 거지. 게다가 누굴 향해서 하는 욕만 아니라
면 아무도 해치지 않잖아.

내가 가끔 "존나"를 존나 자연스럽게 쓰더라도 너무 놀라진 말아줘.
알았쩌?

Eve

1.
글은
내가 나에게 하는 적선이 아니었을까?

2.
글을 쓰고 싶어서 일부러 연애를 궁지에 몰아넣거나 상대방을 힘들게한 적이 있다. 욕먹어도 싼 짓을 했다. 글은 선악과 열매 위로 기어 다니는 뱀 같다. 누군가의 손가락이나 혓바닥을 빌리지 않고는 아무런 힘도가질 수 없으면서 저와 눈 마주친 사람을 잡아먹으려 든다. 밑도 끝도없이 탐욕스럽다.

자기 객관화의 중요성

1.

어렸을 때 화가가 꿈이었다. 당시엔 그림으로 먹고사는 직업이 그토록 다양한지 몰라서 장래희망에는 무작정 화가를 적었다. 그냥 뭐가 되었든 그림을 계속 그리고 싶었는데, 나와 비슷한 시기에 입시 미술을 배운 같은 반 여자애의 그림을 보고 조용히 꿈을 접었다. 좋아하는 것과 좋아하는 것을 잘하는 건 다른 얘기구나, 그 애 그림을 보고 본능적으로 깨달았다. 그게 열두 살. 그리고 스물이 될 때까지 장래희망도 꿈도 없는 시시한 시간을 보냈다.

2.

천부적인 재능이 없더라도 좋아하는 일을 열심히 하다 보면 노력에 비례해서 실력도 는다. 하지만 타고난 사람들은 성장의 속도와 폭이 다르다. 그리고 본인은 안다. 내가 살리에르인지 모차르트인지.

3.

그 뒤로도 미술학원은 계속 다녔다. 취미로.

재능의 있고 없음과 별개로 난 진짜 안 되겠다는 생각이 든 건 수채화를 배우면서인데, 나는 결정적이어야 할 때 결정적이지 못했다. 내 우유부단함이 그림에서까지 보이는 게 너무 싫었다. 당최 모든 그림이, 다, 하나같이 흐리멍덩했다. 내 그림에는 과감한 선이나 색이라곤 하나도 없었다. 물감을 아끼느라 늘 붓 끝에만 안료를 묻혔고 그래서 덧칠을 하다 종이가 울거나 그림이 울었다. 그런 그림들을 보면서 나도 (속으로) 울었다.

4.
이런 얘기를 들어줄 사람이 생기는 게 연애인가, 싶다.

5.
쓸쓸한 얘기를 쓰려는 게 아닌데 쓰고 나면 궁상맞다.

6.
자기 객관화의 중요성을 이해하고 실천했던 열두 살 어린이.

나는 중립국으로 가겠소

1.

경쟁하는 걸 무척 싫어한다. 어려서부터 줄곧 그랬다. 승부욕도 없어서 엄마가 시키는 운동마다 기초반 맨 마지막 줄, 맨 뒤에 섰다.

겨울마다 배워야 했던 스피드 스케이트는 유난히 끔찍했다. 평발에 발볼도 넓은 편이라 스피드 스케이트화를 신을 땐 발을 욱여넣어야 했고, 강습을 위해 물려받은 스케이트는 늘 균형이 안 맞았다. 그 스케이트와 또 다른 중고 스케이트로 초등학교 6년, 겨울마다 스피드 스케이팅을 배웠다. 그리고 6년 내내 초급반 꼴찌 자리를 놓치지 않았다. 엄마는 종종 친구 엄마들 앞에서 "아이스링크에 들어가서 우리 애 등짝을 밀어버리고 싶었다"고 우스갯소리처럼 말했다. 그 말이 스케이트를 더 싫어하게 만들었다.

25년 만에 다시 수영을 배우기로 했을 때, 강사님이 전에 수영 배운 적이 있느냐고 물어보셨다. 어릴 때 잠깐이요, 라고 우물쭈물 답하고 나는 바로 물속에 얼굴을 처박았다. 수영은 유치원생일 때 배우기 시작해 1년 후 연수반까지 올라갔었다. 하지만 대회라든지 시합이라든지 어딜 나가라고 하면, 울었다. 토할 때까지 울었다. 엄마한테 혼날 게 무서워서 큰 소리는 못 내고 꾹꾹, 억억 하면서. 가뜩이나 물속에 얼굴을 박고 있어서 숨이 찬데. 왜 꼭 남들보다 빠르게 나가야 하는지, 그게 왜 그렇게 중요한지 이해할 수 없었다. 그래서 수영도 싫어졌다.

대학원 생활이 시작되면 매일 평가고 비교의 나날일 것 같다. 번역이야 시간적 여유가 통역보다 '상대적으로' 많으니 그래도 낫다. 하지만 통역은 입을 떼는 순간 실력이 드러난다. 영어를 구사하는 사람이 많아질수록 통번역사는 '빼어난' 언어를 구사할 줄 알아야 한다. 그걸 매일, 매시간 동기들에게, 교수님에게 확인받는다. 이 일을 하기로 맘먹은 이상 매일 살얼음이 얇게 낀 사람들의 경쟁심과 의구심 위에서 춤추듯 연기해야 한다. 의연하게, 태연하게. 윽.

2.

"저는 진짜 자본주의사회 탈퇴하고 싶어요. 나랑 너무 안 맞아."

"ㅎㅎㅎ. 나연 씨, 그럼 어디로 갈 건데요? 공산주의?"

"아니요… 그건 아니구요… 그냥 열심히 살게요."

존재감

1.

나는 3인 이상 모이는 자리에는 나가지 않는다. 사람 많은 곳에 가면 모두의 자기 소리 높임에 너무 금방 지친다.

2.

내가 견딜 수 없는 건 사람일까

많은 사람들 속에서 쉽게 희석되어버리는 내 존재감인 걸까?

설 립(立)

행복의 기준을 타인으로 삼아선 안 된다. 내 행복에 대한 결정권을 타인에게 넘기는 순간 나는 사라지고 타인만 남는다. 그 타인마저 증발하면 '나'라는 모래성은 순식간에 무너져 내린다.

그니까 애인한테 넘 매달리지 말라고.

재능 발견

세상에는 어쩔 수 없이 외로움을 담당하는 사람들이 있나 봐. 누가 더 못나서도, 누가 더 모자라서도 아니고 그냥 재능처럼 타고나는 거지. 내가 속한 세상에서는 그게 내 몫인 거 같아. 그게 내 재능인가보지.

속물근성

외로울 때마다 돈을 썼습니다.

누군가의 환심을 사기 위해, 누군가의 시간을 사기 위해, 유사연애를 하기 위해, 줄곧 혼자였던 현실을 잊기 위해, 현실감을 마비시키기 위해, 일시적인 망각을 사기 위해.

물욕을 채우기 위해 돈을 쓴 게 아니라서 결국 소비를 위한 소비는 물질적, 정신적 풍요로 이어지지도 않았습니다.

오로지 외롭다는 사실을 잊기 위해서, 외롭지 않기 위한 방법도 아니었고, 외로울 수밖에 없는 자아에서 도망칠 수는 없으니 잠시 취해 있기라도 하려고, 존재를 위해 돈을 쓴 게 아니라 부재를 위해 돈을 퍼다 부었죠. 돈이면 세상에 '없는 것'도 가질 수 있다고 생각했나 봅니다. 멈춰야 한다고 늘 결심하는데도 맘대로 되지 않네요.

그래서 돈을 쓰고 나면 전에 없이 외롭고 쓸쓸해집니다. 손에 들린 게 전부 쓰레기 같아서 외로움을 이따위 것들과 교환하려고 나는 그렇게 악착같이 일어나 사무실이란 곳으로 출근하고 퇴근하기를 일평생 반복해야 하는 걸까, 설움이 멈추질 않습니다.

사는 건 여전히 너무 어렵고 외롭지 않은 날은 드물며 나는 아직 돈이
많이 필요합니다.

부채의식

　사람들 참 희한해. 죽음처럼 깊은 잠에 들고 싶어서 부어라 마셔라 술을 들이켜놓고 다음 날 아침이면 잠에서 깨어나려고 다시 커피를 홀짝거리잖아. 다들 어떤 삶을 살고 싶은 걸까? 왜 매일 무덤에서 도로 걸어 나오지 않으면 안 되는 좀비의 저주 속에서 살고 있을까?

　이건 마르크스의 꿈에서도 똑같았을까?

　태어났다는 건 내 선택도 아닌데 왜 이리 빚진 사람처럼 살아야만 하는 걸까?

습관성 가난

요새는 가난도 습관이라는 생각을 해. 고기도 먹어본 놈이 먹을 줄 안다는 말을 들으면 코웃음을 쳤는데, 그렇게 치면 나는 초식동물로 진화가 완료됐나 봐.

나는 말이야, 간장이라도 하나 살라 치면 마트에 진열된 모든 간장의 100밀리리터당 단가를 하나하나 비교해본다? 그것도 모자라서 네이버에 간장 추천을 검색해. 불안한 거야. 겨우 고르고 고른 간장인데 맛이 없을까 봐. 그럼 간장이 들어가는 음식을 요리할 때마다 얼마나 슬플 거야? 그렇다고 간장을 무슨 우유처럼 하루에 한 컵씩, 일주일 만에 해치울 수 있는 것도 아니고. 그러니까 보고 또 봐. 다리가 너무 아픈데도 마트를 다 돌 때까지 뭘 살지 결정을 못 해. 그러다 계산대 근처에 다다라서야 카트를 돌려 간장 섹션으로 돌아가. 간장이 뭐라고.

근데 문제는 간장이 아니야. 나는 돈을 쓸 때마다 그러고 있더라니까? 이젠 아예 그게 내 소비패턴으로 박힌 거야.

지금 궁핍하지 않더라도 언제 다시 돈이 궁해질지 모른다는 공포 때문에 아무것도 결정하지 못 해. 소비의 순간마다 그 불안이 시간과 에너지를 소모해. 하지만 또 먹고살려면 소비는 해야 하잖아. 그래서 이젠 모든 종류의 쇼핑이 피곤해.

　이렇게 수동적이고 소극적인 소비 주체로 살다 결국 자본주의 사회의
영원한 마이너가 되겠지?

골든 레시피

인생 좆되는 데에는 많은 게 필요하지 않다.
과도한 호기심과 애매한 악함. 그거면 끝.

사회화 2

저는 대체적으로 친절합니다. 그게 예의라고 배워서요.

호감이라고 생각하지 말아주세요. 제가 무례한 인간이기 싫어서 친절한 거니까요.

두툼하고 친절한 사전

나는 인생이란 각자의 백과사전을 만들어가는 과정이라고 생각한다. 단어 간의 미묘한 차이를 체감하고 자신만의 정의를 정교화해 그에 가장 적합한 용례를 수집해두는 일. 그렇게 생각하면 왜 우리는 같은 일을 겪고도 서로 다른 생각과 감정을 갖는지 조금이나마 이해할 수 있다.

나는 설명이 친절해 필연적으로 두툼하고 다정한 백과사전을 가진 사람이 좋다. 내 단어를 다 껴안고도 남을 만큼 많은 단어를 가진 사람.

나를 파괴하지 않을 권리

장강명 작가가 전에 그랬던가?

책날개를 폈을 때, 작가 소개가 짧을수록 간지인 것 같다고.

처음엔 독자에게 어떻게든 나를 알려야 해서 자기도 구구절절 썼는데, 그럴수록 구차해지는 것 같다고.

나도 그런 사람이 되고 싶다. 구구절절하는 자신을 막을 수 있는, 덜 구차한 인간.

물론 사람들이 장강명 작가에 관해 아는 것보다 나에 관해 아는 것이 오조 오억 분의 일 정도로 적겠지만, 그렇다고 내 속사정을 전부 어깨에 걸쳐 메고 각설이처럼 나다닐 이유는 없으니까.

내가 나를 망치지 않을 수 있는 인간.

좀 닥쳐야겠다.

나오는 말

여기까지 썼는데 여전히 에세이인지 소설인지 모르겠습니다. 그래도 즐거운 시간이었기를 바랍니다.

이 책은 몹시 사소하고 구차한 계기로 시작됐습니다. 아주 오래 짝사랑했던 사람*이 있었습니다. 그 사람에게만 네 번 고백하고 네 번 차였어요. 그사이 그에게는 여자친구도 생겼지요. 그와 마지막으로 통화하던 날, 정말 그만 만나기로 다짐하고, 다짐받고, 너 없이도 잘 사는 꼴을 보여주겠다며 입술을 앙다물고 구상했던 것이 바로 이 책입니다. 그런 찌질한 마음으로 시작한 책은 지난 4월 독립출판물로 처음 세상의 빛을 보았고, 편집자님의 눈에 띄어 이렇게 더 큰 세상으로 나오게 되었습니다. 반년 전만 해도 이렇게 많은 독자 분들의 손에 닿게 될 줄 전혀 몰랐습니다. 여전히 얼떨떨합니다.

다시, 책을 시작하던 때로 돌아가보겠습니다.

당시 저는 대학원 입학을 목전에 두고 있던 회사원이었습니다. 시간이 많지 않아서 새로 무언가 쓰는 대신, 여태 여기저기 흘리고 다녔던

---

* '들어가는 말'의 그 사람과 다른 사람입니다.

글을 모아 책을 만들기로 했습니다.

지난 5년간 쓴 글을 추려보니, 저는 주로 우울할 때 글을 쓰더라고요. 정신이 아찔하도록 즐거운 날에는 딱히 투덜거릴 게 없잖아요? 뭐가 날 그렇게 서럽게 만들었나 톺아보니 주로 세 가지였습니다. 가족, 연애, 그리고 자신.

가까워질수록 멀어지고
멀수록 가까워지는 사람들

책을 내고 나서 사람들에게 "집에서도 책 낸 거 알아요?"라는 질문을 자주 받았습니다. 대답부터 하자면, 네니요. 독립출판물을 본격적으로 팔기 시작한 4월부터 매일 퇴근 혹은 하교 후에 방구석에 쭈그려 앉아 미간을 잔뜩 찌푸린 채로 뭘 계속 포장하고 있었기 때문에 가족들도 제가 책을 만든 건 알고 있습니다. 다만 책 내용은 모릅니다. 그리고 되도록이면 몰랐으면 좋겠습니다.

타의에 의해, 혹은 자신의 선견지명 없음에 의해 중산층에서 빈곤층의 경계로까지 밀려난 부모 밑에서 자랐습니다. 숙명적으로, 혹은 부모의 열망에 의해 자신의 부모를 뛰어 넘어야만 하는 세대가 전 세대에게 느끼는 양가적 감정, 가치충돌 따위에 관해 이야기하고 싶었습니다. 아니, 그런 거창한 주제보다는 아무리 선량해도, 아무리 열심히 살아도, 정상범주에 들 수 없는 '무너진 중산층의 꿈'과 그 덕분에 이젠 흔할 대로 흔해진 '비정상 가족'에 대해 얘기해보고 싶었습니다.

사실 섹스에 관련된 이야기보다 이 챕터에 실린 글들을 가족이 보지 않았으면 좋겠다고 생각합니다.

제가 초등학교 6학년 때였는데요, 매일 숙제로 일기를 적어 냈습니다. 하루는 엄마가 너무 때리길래 (수학 문제 25개 중 하나를 틀렸다는 이유로) 그게 너무 화가 나서 일기장에 정말 장문의 '에세이'를 적어 냈습니다. 최대한 논리적으로, 감정을 배제하고. 선생님은 일기 밑에 "엄마의 마음을 이해해보자"고 적어주셨고요.

어느 날 엄마가 그 일기를 발견했습니다. 엄마는 그게 너무 충격이었다고 해요. 선생님이 엄마를 뭐로 보겠냐고 역정을 냈지만 사실 (그때까지만 해도) 과묵하기만 했던 당신의 딸이 심연에 품고 있던 소리를 처음 듣게 되어, 그게 더 충격적이지 않았을까, 합니다. 그 뒤로 엄마는 절대

매를 들지 않았습니다. 너도 감정과 생각이 있는 인격체라는 걸 존중해 주겠다는 말을 덧붙이셨고요.

제게는 가족이란 존재가 발목에 감긴 쇠사슬 같습니다. 어느 날은 서로 상처만 주는 사람들이 가족으로 한데 얽혀 살아야만 하는 삶이 소스라치게 끔찍하다가도 문득 설움으로 온몸을 조릅니다. 특히 엄마가 쓰러진 다음부턴 뭘 살 때마다 그 생각을 해요.

'요거보다 좀 싼 거 없나. 아냐, 이게 마지막일 수도 있어. 엄마와의 마지막 기억을 싸구려로 만들지 말자. 후회할 짓 하지 마.'

일일 드라마에 나오는 고루한 대사 같겠지만 사실이에요. 빵 하나를 살 때도 그 생각이 계산에 끼어듭니다. '내 가족 너무 어렵다'는 얘기를 이렇게 길게 해놓고 갑자기 효녀 코스프레하는 것 같다고 해도 별수 없습니다. 엄마를 원망하려, 가족을 증오해서 쓴 글이 아니지만 상처가 될 수도 있다고 생각합니다. 그래서 가능하다면 아직 서로를 온전히 받아들이지 못한 엄마와 저의 마지막 기억이, 설령 결국 평생 서로에게 오해로 남을지라도, 이 책은 아니었으면 좋겠습니다.

모든 동물은
섹스 후 우울해진다

뭐든 갖기 직전이 가장 좋지요. 섹스도 하기 직전까지의 과정이 가장 섹시하다고 생각합니다. 아마 고대하던 무언가를 얻고 나자마자 허탈해졌던 경험이 누구에게나 한번쯤은 있기 때문이겠죠. 연애도 예외는 아니지요. 그래서 우리는 '썸'을 타기도 하고, 뭘 주는지는 모르겠지만 뭘 주네 마네 밀고 당기기도 합니다. 주변에서 연애 말고 썸만 탔으면 좋겠다고 이야기하는 친구도 봤고, 남자는 본능에만 충실한 존재이므로 끝까지 본능적 욕망의 대상이 되어야 한다고 (더 노골적인 단어로) 일장설교를 하던 선배도 봤습니다.

모두들 연애는 본능에 이끌려, 운명이 정해준 대로 벌어지는 일인 듯 말하지만 제가 겪어본 연애는 서로 다른 생의 철학이 부딪히는 이데올로기 충돌의 현장이었습니다. 죽어도 오빠 대접 받길 원했던 남자친구도 있었고, 제가 자신보다 연봉이 높은 걸 못 견디던 사람도 있었고, 침대에서 자신의 성적 능력을 과시하고 인정받으려던 남자도 있었습니다. 그리고 매번 고민했죠. 나만 답답한가? 투쟁의 장이 아닌 연애는 없을까? 왜 섹스를 낚싯바늘에 코가 꿰이는 순간이라고 표현하는 걸까? 왜 아무도 섹스가 서로의 가장 유약한 면을 들여다보는 조심스러운 과정이라고는 말해주지는 않는 걸까? 왜 아무도 그런 얘길 해주지 않아 나는 이렇게 상처받고 상처 주는 인간이 되어야 하는가?

연애 조언은 차고 넘쳤지만 격정의 순간 뒤에 상대방을 어떻게 대해야 하는지 알려주는 사람은 없었습니다. 특히 침대에 둘만 남겨졌을 때 찾아오는 허탈함과 불안감에 대해선 다들 '쉽게 넘어간' 사람을 탓하더라고요. 관계를 정의하려는 건 구식인가요? 구식이면 안 될 이유는 뭐예요? 누구의 편의를 위해? 제 '성'을 남자에게 바치고 나면 그 다음은요? 사정 후 현타는 남자에게만 오나요? 침대 위에서 모든 가드를 내려놓고 솔직해지는 게 멍청하다고 혹은 싸다고 손가락질받을 일인가요? 우리는 방금 가족도 친구도 모르는 속사정을 내보이지 않았나요? 볼 장 다 봐서 흥미가 떨어졌다고 사람을 중국집 스티커처럼 떼어버리면 그건 그 사람의 인성이 문제인 거 아닙니까?

전 그게 너무 싫었습니다. 데이트 메이트네 섹스 파트너네 하는 말장난으로 책임을 회피하고 유예하는 사람들에게도 신물이 났습니다. 침대에선 적극적이길 바라면서 침대 밖에선 금욕적인 숙녀이길 기대하는 남자들도 너무 지겨웠고 남자들에게 그런 여자야말로 '여자'라고 주입시킨 이 사회는 더 싫었고요. 그래서 저의 '섹스 후 우울감'은 단순히 절정 후 찾아오는 공허함은 아니었습니다. 누구도 들으려 하지 않았고, 들려주려 하지도 않았던 연애의 모순들로 인해 많은 대화가, 눈빛이, 섹스가, 연애가, 상처로 남았습니다.

하지만 새로운 사람과 만나는 일은 여전히 좋아요. 한 사람과 길고 깊은 관계를 맺어가는 그 과정은 괴롭지만 즐겁습니다. 그 딜레마 속에서 '여자답게' 조신하고 순종적이길 강요받고 자란 여자라서 겪는 불안감, 죄책감, 자괴감, 혹은 가해자 없는 폭력의 피해자가 된 심정에 관해 얘기해보고 싶었습니다.

원래는 야한 소설을 써보고 싶었어요. 섹스 장면에 집착하기보다는 섹스를 사이에 두고 관계의 시작과 끝에서 벌어지는 모든 걸 세밀하게 해체해보는 야설. 하지만 소설을 쓰려니 아직 제 필력이 미천하여 몇 번을 갈아엎고 지금의 형태로 책을 냅니다.

그래도 기왕 쓰는 거 가감 없이 적고 싶었습니다. 그리고 시간의 흐름에 따라 연애, 사랑, 섹스에 대한 제 관점이 변해가는 모습도 담고 싶었습니다. 글을 읽다 중간에 '얜 뭐 이런 얘기까지 해?' 하고 거북해하실 분들이 있을 거라고 생각합니다. 불쾌감을 주려고 쓴 글은 아니지만 제가 불쾌함을 느꼈던 순간들을 기록한 것이니 읽고 나서 불쾌해지는 게 맞는지도 모르겠네요.

30 is not the new 20

어느 날 램프의 요정 지니를 만나게 된다고 해도 저는 과거로 돌려보내달라는 소원은 빌지 않을 겁니다. 타임머신이 발명되어도 제 과거를 만나러 가고 싶진 않습니다. 절대 두 번은 할 수 없을 만큼 열심히 살았거든요. 후회가 없다는 얘기는 아닙니다. 인생의 선로를 바꿔놓았던 모든 선택들을 후회합니다. 그 선택들 때문에 인생이 더 예측할 수 없는 롤러코스터 라이드가 되었거든요.

하지만 설령 돌아간다고 해도 저는 아마 비슷한 선택을 내릴 겁니다. 매번 치열하게 고민했고 제 앞에 놓인 선택지 중 가장 최선이라고 생각되는 답을 골랐습니다. 그 선택들이 모여 지금의 제가 되었습니다. 물론 최선의 선택이 반드시 최선의 결과를 가져오는 것은 아니었지만 그 시간들이 모여 지금의 제가 되었습니다. 과거를 바꾼다면 지금의 저는 존재하지 않겠죠. 그건 싫습니다. 저는 지금의 제가 마음에 들거든요. 그러니 지금의 저를 위해서라도 과거는 그냥 과거로 존재하면 좋겠습니다. 게다가 할 수 없는 것(예컨대 과거 여행)을 바라며 자신을 더 깊은 고통 속으로 몰아넣기엔 지금의 삶도 충분히 괴롭고요.

그 과거가 어땠는고 하니, 제 20대는 등장인물이 많아 항상 시끌벅적했고 하루하루가 (EDM) 축제 같았습니다. 분명 어디인가에는 저라는 문제를 해결해줄 사람이 있을 것 같아 한시도 쉬지 않고 사람들을 만났습니다. 외로움이란 건 누가 있다고 사라지는 것도, 떨쳐낼 수 있는 것도 아닌데, 그걸 몰랐어요. 물론 인간은 자신만의 힘으로 인생을 헤쳐 나갈 수 없다는 걸 잘 알고 있지만 그래도 30대에는 혼자 곧게 설 수 있는 인간이 되어보고 싶습니다. 당당히 두 발로 버티고 서야 할 때와 무너져야 할 때를 아는 사람이 되어야 한다고 생각합니다.

어찌 보면 이 책 전체가 저에게는 그 균형을 터득해가는 과정이었는지도 모르겠습니다.

제가 개인사를 이토록 길게 떠들어 댄 이유는, 글로 적어 직시해야만 그 다음 단계로 넘어갈 수 있다고 믿기 때문입니다. 괴로움의 근원을 전부 없던 일로 치부하면 제 상처는 곪기만 할 뿐이고 결국 더 큰 병이 될 겁니다.

같은 낱말을 혼자 백 번쯤 읊다 보면 어느 순간 단어가 낯설어집니다. 의미가 휘발하고 형태만 남는 거죠. 어떤 일은 이런 식으로 계속 언급하고 반추해서 의미를 희석하고 왜곡하고 싶었습니다.

하지만 합리화로 회피하는 대신 치유의 일환으로 저의 추한 면, 잊기로 작정하고 부정했던 면까지 전시합니다. 앞으로도 멀리서, 가까이서, 이를 악물고 저를 노려볼 겁니다. 못난 점은 인정하고, 잘못을 반성하고, 노력을 치하하고, 계속 살아갈 겁니다.

물론 영원히 가져갈 소중한 기억도 많죠. 말이 나온 김에 이 자리를 빌려 저에게 반짝거리는 시간을 선물해준 친구들에게 고마움을 전합니다.

서울 시내 스타벅스를 전전하며 작업과 학업을 이어가던 제게 기꺼이 공간을 내어주신 조 선생님. 선생님의 농담 같은 배려 덕분에 계절이 바뀌고 제 머리칼이 손가락 두 마디만큼 자라는 동안 삼거리 작업실을 제 집 삼아 눕기도 하고 자기도 하고, 먹기도 하고 쓰기도 하며 지냈습니다. 제 공간도 아닌 곳에 정이 들었다고 하면 염치없어 보일지 모르겠지만 태양열을 흡수하는 그 열 평 남짓한 작업실도, 조 선생님과의 우래옥도, 잊지 못할 여름의 추억이 되었습니다. 너무 고마워요.

친정에서 응원하고 있다고 늘 안부 챙겨주신 부천 오키로북스 식구 여러분. 서점에 처음 입고 되었던 4월부터 제 책이 더 많은 분들과 만날 수 있도록 물심양면으로 힘써주신 덕분에 여기까지 왔습니다. 늘 감사하고 있어요. 사실 책 한 권 나갈 때마다 불안함과 공포에 외롭고 힘겨웠는데, 오키로 임직원분들이 큰 힘이 되었습니다. 염치 불고하고 오래 함께 하고 싶다는 바람을 적어봅니다.

미쟝센 꼬꼬마 시절부터 지금까지, 아무것도 아니었던 제가 거인이 되리라 믿고 응원해준 김태용 감독님. 태용은 기억하는지 모르겠지만 종이에 연필로 글을 써보라고 일러준 건 다름 아닌 태용이었습니다. 그 덕분에 아직도 글을 쓰고 있는지도 모릅니다. 추천사를 받아보던 날, 눈시울이 붉어져 한참을 길에 오도카니 서 있었습니다. 기꺼운 마음으로 추천사 내준 것 정말 고마워요. 제가 얼른 더 커서 태용과 함께 일할 수 있는 날이 하루바삐 오기를 바랍니다.

저의 든든한 지원군, 나비 편집자님. 출간 제안을 거듭 고사해도 묵묵히 기다려주시고 응원해주셨던 저의 천군만마 나비님. 혼자 독립출판물 만들 땐 못해봤던 것들을 다 해보고 싶은 욕심에 제작 과정 내내 질문도, 요청도 많았는데 늘 배려해주신 것 잘 알고 있습니다. 출판사 디자인팀과 마케팅팀 팀원분들께도 꼭 감사 인사를 드리고 싶습니다. '편집자가 꼽은 일하기 편한 작가 Top10'쯤엔 들 수 있도록 최대한 노련한 모습 보여드리고 싶었는데 금방 흥분했다 바로 좌절하는 저 때문에 많이 피곤하셨죠? 첫 출간이라 서툰 것투성인 저를 이곳까지 이끌어주셔서 감사합니다. 또 함께 작업할 수 있으면 좋겠어요.

이 책이 제 입속에서 맴도는 소리일 때부터 멀리서 지켜보며 늘 조언을 아끼지 않으셨던 나의 사탄, 나의 스승,

당신에게 내가 어떤 사람인지 증명하고 싶어 시작한 책이었는데 결국 끝까지 이름 한 자 적지 못하네요. 이름 한 번만 맘 놓고 불러봤으면, 소원이었습니다. 그래도 이 설움을, 간간이 보내줬던 애정 어린 격려를 양분으로 삼아 가장 힘겨웠던 시기에 가장 많은 것을 이룰 수 있었습니다.

가끔은 섣불러도 괜찮다고, 대견하다고, 무너뜨려줘서 고마워요. 질식할 것 같았던 생에도 숨통이 트이던 시간들이었습니다. 지난 4년간 즐거웠어요. 어느 것도 잊지 않아요.

그리고 글을 쓰라고 꾸준히 독려해준 친구들, 자괴감에 빠질 때마다 충분하다고 응원해준 친구들, 막장 일일 드라마 같은 제 얘기를 털어놓으면 자신의 막장 미니시리즈를 들려주며 공감해준 친구들, 자신의 꿈을 포기하지 않고 어떻게든 살아가는, 삶에 대한 의지와 야무짐으로 늘저를 자극하는 많은 친구들, 정말 고맙습니다.

52Hz라는 고래가 있다고 합니다. 전 세계에 단 한 마리, 이 고래만 52Hz로 울어서 그런 이름이 붙었다고 해요. 학자들은 이 고래의 이동경로를 관찰한 결과, 52Hz고래가 대왕고래일거라고 추측합니다. 하지만 대왕고래는 그보다 낮은 주파수(10~40Hz)로 울기 때문에 다른 대왕고래들은 52Hz의 울음소리를 들을 수가 없습니다. 그래서 그 고래의 또다른 이름은 '세상에서 가장 외로운 고래'입니다.

독립출판물로 독자분들을 만난 시점부터 지금까지, 제 울음소리를 들었다며 기꺼이 손 내밀어주신 분들께도 감사하다는 말을 꼭 하고 싶습니다.

앞으로도 제가 아는 모든 소리와 기호를 동원해 울겠습니다.

외로워도 슬퍼도, 쉬지 않고.

개정판에선 좀 덜 구질구질할 수 있을 줄 알았는데
200쪽도 넘게 떠들어놓고 이렇게 말이 많다니.
이제 정말 닥치기로 합니다.

우리 다음에 만나요.
만나서 더 많은 얘기해요.

모든 동물은
섹스 후 우울해진다

초판 1쇄 발행 2018년 11월 14일
초판 7쇄 발행 2022년 7월 12일

지은이 김나연

펴낸이 이상순 **주간** 서인찬 **편집장** 박윤주 **제작이사** 이상광
기획편집 박월, 김한솔, 최은정, 이주미, 이세원 **디자인** 유영준, 이민정
마케팅홍보 신희용, 김경민 **경영지원** 고은정

펴낸곳 (주)도서출판 아름다운사람들
주소 (10881) 경기도 파주시 회동길 103
대표전화 031-8074-0082 **팩스** 031-955-1083
이메일 books777@naver.com
홈페이지 www.books114.net

문학테라피는 (주)도서출판 아름다운사람들의 임프린트입니다.

ⓒ 김나연, 2018

ISBN 978-89-6513-527-2 03810

이 도서의 국립중앙도서관 출판예정도서목록(CIP)은서지정보유통지원시스템 홈페이지(http://seoji.nl.go.kr)와
국가자료종합목록시스템(http://www.nl.go.kr/kolisnet)에서 이용하실 수 있습니다. (CIP제어번호 : CIP2018034848)